시 보다 2022

## 시 보다 2022

펴낸날    2022년 10월 31일

지은이    신이인 안태운 윤은성 윤혜지 임유영 임지은 조용우
펴낸이    이광호
주간      이근혜
편집      방원경 김필균 이주이 허단 윤소진 유하은
펴낸곳    ㈜문학과지성사
등록번호  제1993-000098호
주소      04034 서울 마포구 잔다리로7길 18(서교동 377-20)
전화      02) 338-7224
팩스      02) 323-4180(편집) / 02) 338-7221(영업)
전자우편  moonji@moonji.com
홈페이지  www.moonji.com

시 보다 2022

신이인
임유영
안태운
임지은
윤은성
조온윤
윤혜지

문학과지성사

# 차례

# 2부 사noun

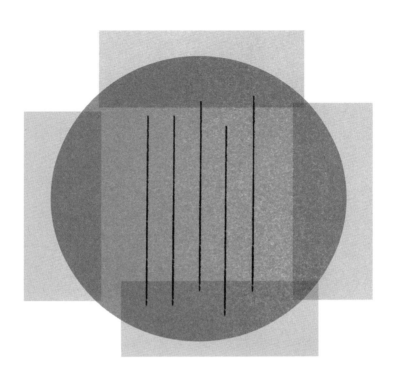

1부   시

시ㄴㅇㅣㅇ ㅣㄴ

_____

2021년 『한국일보』 신춘문예를 통해 작품 활동을 시작했다.

_____

# 배교자의 시

동식물도감을 하나하나 넘겨 보던 어린 내가 울음을 터
뜨립니다
나방 때문이지요

황토색 날개 위에 눈알이 가득했습니다
나방은 눈들을 펼쳐 내려놓고 페이지에 가득 앉아 있었
습니다
봐
이것이 나의 무기다

어른인 내가 달려와 도감을 빼앗습니다
이런 거 보는 거 아니야
나방이 있는 페이지를 모아 호치키스로 집어버립니다
이제는 간단하게 나방을 가둘 줄 압니다

방학을 맞아 캠프에 참여해야 했습니다
산속에는 갇히지 않고

간힐 리 없는 나방이 무수합니다
수련원의 공동 샤워실로 가는 복도에
나방 나방
나방
나방이 붙어 있습니다

나방은 자유로운데
왜 날지 않을까 의아합니다
날아달라는 말은 절대 아닙니다만
나방
나라면 그런 자유를
나방
앉고 싶은 곳에 아무렇게나 날개를 벌리고 앉는 일에
쓰지는 나방
앉아만 있지는
악
한 아이가 비명을 질렀습니다
날았어 날았어 나방이
아닐걸
어른인 내가 픽 웃네요

신이인

멈추지 않는 눈알이 고요한 밤
그러니까 쟤네들은 안다는 거지

기도할 때 누가 눈을 뜨는지
이 산에서 바지를 내리고 볼일을 본 게 누구인지
나방은 알고
앎을 포기하지 않는다
그게 나방의 품위라니까
자유로운

성경책이 날아오릅니다
페이지를 펼쳐 흔들며
중간에 호치키스로 찍힌 자국도 있습니다
누가 여호와의 날개에 못을 박았나
누가 주님을 외면하였나
눈알에서 땀과 물이 뚝뚝 떨어집니다
수련원이 젖어갑니다
누가 누가 많이 우느냐는 누가 성경을 잘 아느냐와 관
계없습니다
글자를 모르는 어린애가 제일 목 놓아 울 수 있었고

나는 의미도 없이 물에 떠내려갑니다
따뜻하네
좋다
이것이 나의 무기일까


그러다가 한두 번은 주워졌던 것 같기도 한데
바늘에 꽂혀 어디 표본으로 박제되어 있을 텐데
그게 어디서였더라
송파초등학교 운동장
일신여자중학교의 교무실
자성학원 이은재어학원 장학학원 오름국어학원
나는 괜찮은 교재였습니다
어른들이 나눠 주고 아이들이 낙서했습니다


집에 돌아오니 내 방의 천장 가까운 곳에 나방이 있습
니다
보입니다
거기에도 있습니다


얌전합니다

신이인

나는 한 번도 등에 진 고난을 책처럼 활짝 펼쳐 보인 일
이 없습니다만

비밀은 오로지 비밀끼리만
사이좋게 한 짝씩 나눠 가진 눈을 마주합니다

추하기 짝이 없는 무늬를
접어 놓고
데칼코마니라며 좋아합니다

기도하는 손을 따라 날개를 모으고 고백합니다
나방

이건 비밀인데 가끔 나는
납니다
본 사람들이 비명을 지릅니다

## Beautiful Stranger

돈 많은 영감탱이에게 편지를 쓴다
사탕 내놔
너네 가게 돈도 많으면서
줬다 뺏는 게 어디 있냐 한번 줬으면

구기고 다시 쓴다
　안녕하세요 사장님 두루 평안하신지요? 덕분에 저는 오늘도 눈과 입이 즐거운 하루를 보내고 있습니다 사장님의 제과점은 우리 마을의 명물이지요 이렇게 편지를 보내게 된 것은 다름 아니라 단종된 품목에 관해 여쭙고 싶어서입니다
　예 그것이지요 잘 아실 겁니다 환각 버섯이 들어가고 껍질을 깔 때마다 색이 바뀌는 사탕이요 촌스럽지 않게 슬퍼했고 기쁘면 톡톡 튀었습니다 이해받지 못할 얘기를 좋아했고요 뒷맛은 천진하고 또 술 비슷했어요 여름에 잘 어울리고 축제에 잘 어울렸던 아니 사탕이 있는 곳이 곧 축제였던

　　　　　　　　신이인

그것은 제 첫 사탕이었습니다 사탕이 이렇다는 것을 처음 알아버린 거예요 (맞아요 저는 환자입니다 저 같은 사람들이 있다는 거 사장님도 아시겠죠 그러니까 그런 사탕을 만든 거잖아요)

혀가 세 갈래로 갈라지는 병이 있잖아요 어떤 이들은 태어날 때부터 그렇고 또 어떤 이들은 학창 시절에 그렇게 되기도 하고요 어른이 되어서야 혀를 갈라보고 놀라는 사람도 있습니다 학계에서는 그걸 병이라고 한다네요 아무튼 한번 환자가 되면 단맛을 느끼기 쉽지 않으니까요

더 정확히는 이런 겁니다 달다는 게 달지 않고, 때론 떫고, 그런데 이상하게, 먹지 말라는 게 달아지기 시작하는 거예요

개미를 주워 먹다가 아빠한테 들켜 머리를 맞았습니다 목조건물의 벽을 핥다가 경비인을 기절시켰습니다 방문을 잠그고 주머니에서 쥐 발톱을 꺼내 허겁지겁 삼키는데 누가 보고 있을까 간담이 서늘해졌다가 서글퍼졌습니다 아무도 없을 때 거울을 보고 입을 벌리면 괴물이 된 기분이었습니다

환자라면 누구나 이런 기억을 갖고 있지요 그래서 대개는 군것질거리에 관심 없습니다 그런데 그런데 당신은 만들었던 겁니다 유리 조각을 벽과 벽지 사이의 곰팡이를

책장에서 기어 나오는 반투명한 벌레를 싱크대 뒷면에서
잊혀진 채로 있던 파리 알들을 먹으면 죽는다고 소문났지
만 사실은 안 죽는 울긋불긋 버섯들을 넣어서

아름다운 사탕을 만들었습니다 화려했어요 이상했어요
내가 몰래 먹던 것들이 과자 가게에 나왔다는 게 예쁘다
는 게 인기가 있다는 게 문전성시를 이루는 제과점에 슬
쩍 줄을 서서 나도 과자를 즐기는 사람인 척해보았습니다
일부러 다른 초콜릿이나 쿠키를 집었다가 놓기도 하면서
그 많은 사람들 사이에 티 나지 않게 끼어들면서

사탕을 샀습니다 달았습니다 아무도 제 병을 모를 것
같았어요 희한하게도 그건 평범한 사탕처럼 보였거든요
조금 개성적인 그렇지만 그래도 사탕인


돌려주세요 제발

그렇지만 이제는 너무 늦었지요 저도 알아요 그렇지만
돌려달라고 떼라도 쓰고 싶은 걸 어떡하나요 영감탱이야
나는 매일 기도했어 당신이 행복하기를 그러나 당신은 늘
행복하였고 그 사실은 우리의 행복과 아무런 상관이 없었
다 그리하여 나는 이 불행이 구구절절 길어져 당신의 불
행에 닿기를 바라기 시작했던 거야 재수 없게 진짜 싫다
이게 네 업보다 사람들에게 멋대로 마약을 팔아버린 죄

신이인

입맛을 버려놓고 다시 돌아갈 수 없게 해버렸지 우리는
계속 웃으면서 울고 있어 인생을 제 인생을 돌려주세요

# 나의 전부였던 나무

오늘 아침 눈을 떴을 때 가슴뼈 안에서 덜컥거리는 소리가 났다
만져보면 내 것이라고는 믿을 수 없을 만큼 흉통이 넓어져 있다

의자를 삼키셨네요
의사가 건조하게 엑스레이 화면을 짚으면서 말한다
그런 적 없다고 해도 거짓말이라고 생각하는 것 같고
거짓말이든 아니든 관심도 없다는 투여서

의자를 잃어버렸긴 해요
다소 인정했다

내 옆에 바짝 붙어 다니던 나무 의자예요
앉았다 간 사람들이 좀 있고 맘에 든다고 했던 사람들도 있어가지고
강도당한 줄 알았거든요 유력한 용의자도 있는데

신이인

꿈을 꾸면 취조실 안의 의자

나는 경관이다

두 손을 얌전히 모은 용의자가 들어온다

거기 앉아

너 이 자식 오래 앉아 있었다고 이 의자가 네 건 줄 알

아?

앉아

앉으라니까

아무리 문책해도 용의자는 서 있다

더 이상 앉아 굴러 총 쏘는 시늉에 반응하는 복슬강아

지가 될 수 없다


죄송하지만

이건 취조실에 들어가긴 좀

긴데요

의사가 곤란해하며 엑스레이를 확대해주었다


예배당 안의 의자

확대되어 늘어난 긴 의자

여덟아홉 명이 나란히 앉아 박수 치고 노래하는 의자

나는 걸인의 형상으로 고함을 지른다

누구 맘대로 앉는 거야

사람들이 깜짝 놀라서 일어선다

일어나서 찬양하십시오, 사랑하는 자들아 서로 사랑하
라 사랑은 하나님께 속한 것이니……

몇몇은 코를 쥐고 옆걸음으로 사라진다

너희는 서로 사랑하라 주 우리 사랑하심같이 우리가 서
로서로 사랑하면……


나는 나의 의자를 되찾아 그 위에서 눕고 춤추고 뛰고
한다

덜컥거리든 말든

자고


꿈을 꾸었다

연한 갈색, 딱딱함, 은은한 광택, 희미하고 불규칙한 무
늬, 단호한 단정, 차가움, 모르는 사람의 엉덩이 온도, 나
사 구멍

이건 의자다

그렇지만 내가 꾹 참고 참아서 정도도 모르고 커진

방주다


방주 바닥에 **뺨**을 대고 누워 있었다
세계의 모든 발이 방주를 밟으면서 들어오는 것만 같다
한 쌍씩 하나 되어 들어오는
인간이 본디 네발짐승이었나
방주가 무거워지는 것을 느낀다 저 많은 사람들
이제 와서 나가라고 할 수도 없고
어쩌지
그런데


판자에 판자가 더해지고 행에 행이 연에 연이
없어진 것과 가진 것과 바라는 것 위를
굴러다니는 내가
제일 무거워!
혼자인데도!


데굴데굴
맨 아래로 굴러떨어졌다 지하엔
무임 승선한 유령이 얼굴을 가리고 낙서를
멈추지도 못하고

괜찮아요? 누구 없어요? 괜찮아요?
무서워

천장을 봐줘, 천장을 봐줘, 천장을 봐줘
그가 남긴 다잉 메시지
가까이 와

가까이

가까이

천장이
가깝게
다가와

무너지고 있었다
내 머리 위에서 똑바로
소리 지르지 않았다
무수한 나무를 꽂고 살아가는 일이 아쉽지 않으니까
웃는다

신이인

그땐 아팠는데

지금은 다 나았으니까 가까이
더 가까이 갈 수 있다
나는 나의 갈비뼈 사이로 얼굴을 들이민다
나무가 자라고 있네
분명 죽어서 토막 났는데
하나하나 꽂힌 조각들이 계속 나무이고 있었네

새로운 나무 밑의
벤치 위의 연인들
둘둘씩 손을 잡고 네발이 되었구나
수갑
서로가 서로의 강도일 미래를 예견하였니?

오늘 아침 눈을 떴을 때 알았다
난
투박하고 귀여운 나무 위에 내 자리를 마련했었어
해먹을 치고 지붕을 만들고 그 안에서
그걸 평생 자랑스러워할 수도 있었어
그러나 불현듯 도끼로 찍어버리고

매끈하게 자르고 다듬고 망치로 치고
팔아넘겨 뱃삯을 치르고
이 바다 한가운데에
와 있다
입석으로
재앙이 끝날 때까지 혼자
그러나 잊지 않아
갈비뼈 안에서 눈 뜨고 있는 유령
끝도 없이 내려가던 나무뿌리의 자리
금이 간 게 아니야
그대로 살아 있는 거다
누가 앉고 싶어 하나
내가 본다

신이인

# 훗날 그들이 웃으며 내게 손을 내밀었다

부산하고 수다스럽던 작은 갈까마귀가
은밀하게
단추를 간직하던 일이 떠나지 않았다
오랫동안

반짝이고
표면이 매끈
다듬어져 있고
어떻게 보면 아무것도 아닌 일
구멍이 두 개

그것을 자랑스러운 듯 가슴 앞섶에 꿸 수 있으나, 진실
로 귀중하다고 생각했기에 날갯죽지 밑에 감추고 다녔던
것이다
그래 그랬던 것이다

자연스레 단추의 몸에 난 구멍은 효용을 잃는다

단추는 그 쓸데없는 구멍을 결함으로 여겨 부끄러워
한다


1

아버지는 새 사냥의 대가였다

대가란
드러나지 않아도 드러나게 되어 있었지
언제나 눈을 반달 모양으로 휘어 보이며 웃었고
목소리가 작았음에도
새들은 본능적으로 알았다
사실을

유독 눈치 없고 친구 없는 새들이 우리 집 식탁에 올라
모락모락 김을 내며
가서는 안 될 방향을 에둘러 표시하듯이
김 너머의 아버지와 어우러지며

나는 희미하고 따스한 훈육을 받았으나

신이인

시간이 흘러 눈치 빠른 사람으로 성장하였다


명치 위
실체 없는 물이 번지는 감각
느꼈을 때
이걸 어디 가서 말해서는 안 된다는 것을 알았다


본능적으로



2


겨드랑이가 축축해진 채 돌아다녔다
마당을
교정을
로커 룸을
줄곧


달리기를 마치고 온 친구들이 체육복을 벗고
  원래 입고 온 옷으로 갈아입고 문을 탕 닫고 사라질 때
까지

나는 구석에 남아 있었다

밤이 되었다는 확신이 들 때까지
창문을 피해
오래오래

실내가 완전히 깜깜해지면 나가서 조금 달리다 그만두
었다

겨드랑이부터 팔꿈치까지가 열기구 천처럼 팽팽해지며
일어서려는 것을 느끼며
울렁였다

어지러웠다


3

시간이 흘러 나는 시야 곳곳에서 검은 얼룩을 발견하게
된다

물감을 처음 푼 순간과 같이
번지며 엉키며
나타나다가 이내 사라지던

혹여나 작고 단순한 내가
아버지, 저쪽에 갈까마귀가 보여요
말했더라면

나는 열네 살 생일 선물로 받은 긴 총을 빼앗기고 병원
을 다녀야 했을 것이다

그러나 사랑받기 위해서 엄살을 불사하는 응석쟁이 취
급을 받는 것도
나쁘지는 않았겠지

나의 강인함을 믿는 이들에게

적어도 이 얼룩이 시야를 덮어버리기 전에 말이다

4

새들은 농담을 했다
**우리는 네가 죽기를 기다리잖아**

난 웃으면서
왜?
물어본다

왜라니 우리는 배고프잖아 죽은 것 하나 생기면 몇 날
며칠을 뜯어 먹을 수 있는데, 그게 너이기까지 하면, 너는
친구니까 더 좋잖아 너는 이제 날 수 있을 거고 우리는 파
삭파삭하게 마른 지푸라기 밭을 교정을 이제는 없어진 로
커 룸 위를 같이 날 수가 있는 거잖아
하지만 왠지, 아주 기쁘고 짧을 것 같아 너는 더 멀리
높게 갈 거야 수년 전 우리가 말아 피웠던 잎담배의 연기
끝을 따라잡아 그 정체가 뭐였는지를 확인할 수도 있을
거야 충분히 앞질러 갈 거야 그래도 돌아오지 말고
잊지 마 우리 같은 새대가리가 너와 함께였던 너를 축
복했던 진심으로 사랑했던 것을 말이야

부산하고 수다스러웠던 네가
처음으로
내 어깨에 머리를 갖다대었다
마지막이었다


X


스스로 눈치가 빠르다고 말하는 사람들은 꼭
눈치를 봐야 할 때 안 보고
안 봐도 될 때 눈치를 본다


정말로 눈치 빠른 사람들은 입을 닫고 웃으며, 영원히
그것에 대해 말하지 않는다
아버지의 사람 좋은 미소를 띠고
하루에 한 번
장롱 속에서 총을 꺼내 닦고 다시 넣어둘 뿐


나는 셔츠에 난 첫 구멍에 조심스럽게
가장 귀한 단추를 끼우기로 결정하였고
내 사랑스러운 단추는 이로써

쓸모를 획득하였다

표적

이것을 누가 먼저 쏘아 맞히는가
언제나
그것을 염두에 두면서 악수를 하고 있다

## 외로운 조지-Summer Lover

최선을 다했다 그러니까
최선을 다해 밝기를 올리고
뜨겁다면 그냥 타버려도 돼
눈부시다면 눈이 멀어도 상관없지
원반을 좇는 대형견처럼 단순하게 움직였다
털끝 하나도 허투루 사용하지 않고
바빴다

그해엔
많은 곳에 갔고
많은 것을 볼 수 있었어
험하게 신고 다닌 신발이 구겨지고 더러워졌어
그래도 괜찮았어

발을 씻으면 마음이 벅찼다
희고 깨끗하고 힘찬
이 똑 떨어지는 두 발

내게 이렇게 튼튼한 것이 달려 있다니

  어디든 어떻게든 닿을 수 있을 것이다 올리브가 필요해
지면 그리스에 가고 우동을 위해서는 일본에
  곁에 아무도 남지 않은, 섬 최후의 육지 거북을 위해서
라면 갈라파고스 섬에도 갈 것이다


  거북이는 갈라파고스에 붙박여 살고 아무 데도 가고 싶
어 하지 않는다
  이치에 맞는 일이다
  내게는 그 애의 낡고 딱딱하고 둔탁한 발과 발톱
  보듬으며
  그 생태를 이해할 자신이 있었다
  내 자랑을 포기하고
  엎드려
  거북이 거북이 아니게 될 때까지


  내가 거북과 구분되지 않을 때까지 나의 좋은 발을 잊
을 자신이


  난 내가

무엇을 알고 싶어 하는지 알았고
이 같은 각오들을 겁도 없이 발뒤꿈치에 박아 넣으면서
출발했다


유일한 거북
외로운 거북에게 대뜸 다가가


알게 된 것의 목록——


모래로 예술 작품 만드는 놀이
그걸 무너뜨리는 파도의 이유 없음을 받아들이기
네발로 슬픔에서 천천히 걸어 나오는 법
멈추고
눈으로 말하는 법
좋아와 싫어를 드러내는 한 생물의 고유한 표현
배고플 때 흙을 잘 씹어보면 나던 단맛
약함에 의한 서러움
걸친 누더기를 고스란히 살에 찍어내는 자외선
홀로 되어본 과거는 불안을 수신함
내가 나인 이상 알 수 없는 기분이 존재할 수 있음

그리고
집에 돌아가야겠다는 예감


너를 편안하게 해줄 수 있어서 좋아
거북의 눈을 감겨주는 순간까지

유일한 것이 없는 것이 될 때까지
몸과 마음을 열심히 썼다

놀랍게도 한철이었다

영원히 사는 줄 알았지
갈라파고스에 거북이란 것이 멸종되자 원주민들은
내가 이해할 수 없는 언어로 수군거리기 시작하였고
그 애가 좋아하던
그 애의 집만이
단단하고
빈 채
무겁게 무겁게
가져갈 수도 없게 모래 더미에 멈춰 있었지

　　　　　　신이인

그 애의 자랑
결코 그 안으로 걸어 들어갈 수 없었던


그해 여름엔


독립을 했다
무수한
내 것이 아닌 집을 보러 다닌 결과
내 것이란 무엇인가
내 것에 대해 적당히 받아들일 수 있었다
최선을 다해
멈췄다


멈춘 자리에서 빨래도 하고 청소도 하고 요리도 하고
잠도 잔다


겨울까지 나는 주로 집에 있었다
잠깐 이 앞에 나갈 땐 맨발에 슬리퍼만 대충 신은 채
귀찮으니까
아무도 안 마주쳤으면 좋겠다 빌었지만

그런 때에 징크스처럼 꼭 누구를 만나게 되었다
그런 때엔
괜히
아직도 여름에 사는 사람처럼 보였을까 화가 났고
발가락이 시리고 피부 탄 자국이 부끄러웠지만
후회되지가 않아서
앞으로도 부끄러워할 수밖에 없음을
알아차리며 비로소
긴 이야기의 처음과 끝에
이 말을 덧붙여왔다
최선을
다했다

# 거절

네 갈래로 찢어진 도로 귀퉁이에 쭈그려 앉아 생각했다
〈아무도 없다〉 대낮이었고 북적거렸고 살이 따가웠으나
〈아무도 없다〉 손을 들어도 말 걸어주지 않고 춤을 추어
도 부딪힐 수 없는 여기엔 〈아무도 없다〉 나는 단지 집에
가야 했을 뿐인데 어느 방향으로 얼마나 가야 하는지 몰
랐다 애초에 집이란 게 있는지조차 분명하지 않았다 정류
장처럼 생긴 곳까지 뛰었다 〈아무도 없다〉 아무도 없어서
차들이 멈추지 않았다 저기요 여기요 소리쳤는데 내 귀에
도 내 목소리가 들리지 않았다

그나마 말 몇 마디 나눴던 사람의 차가 지나가고 있었
다 앞에 가서 팔을 벌리고 눈을 맞췄다 차는 조금도 속도
를 늦추지 않았다 친했었다며, 어떻게 앞길을 막니, 저런
애들, 잘해주면 들러붙어, 멈추지 않는 옆 차선의 차들이
수군거렸다 진짜 수군거렸는지 상상이었는지 알 수 없었
다 운전자는 날 못 알아본 척했다 어쩌면 진짜로 못 알아
보았을 수도 있었다

내가 길을 벗어나 자유로워졌을 때 트램펄린을 탔을 때
처럼 공중제비를 돌며 해맑게 솟았을 때 더 이상 아무도
필요치 않았을 때가 되자 사람들이 모여들었다 그래도 착
했지 그래도 착했어…… 착했다는 거 말고 다른 이야기는
들리지 않았는데 구태여 서운한 티를 낼 수 없었다 내 목
소리는 그때까지도 들리지 않았으니까 들것에 실리고 상
자에 담겼다가 난 비로소 집으로 간다 다녀왔습니다 인사
하면서 다소 분명해진 문을 연다 아무도 없다 아무도

안태운

2014년 문예중앙 신인문학상을 통해 작품 활동을 시작했다.
시집 『감은 눈이 내 얼굴을』 『산책하는 사람에게』가 있다.

# 인간의 어떤 감정과 장면

여러 날들에 대해

인간의 어떤 감정과 장면에 대해 떠올리면

뉘에게, 그럴수록 그 장면과 감정이 낯설어지고

그 하루

그 이틀

우연히 그게 설렘 그게 각오 그게 우연히 꺼림칙함 그
게 상충 그게 스밈 우연히

뉘에게, 생활을 하다가 문득 이 환경이 낯익다는 생각
이 들면

돌아오는 길에 블루베리와 양말과 순두부를 사기도 하
고 그 형태와 색감을 새롭다는 듯 바라보기도 하고

그러면서 화폐를 오랫동안 써왔군, 생각해

화폐라는 게 나타나기도 하고 사라지기도 하면서 오랫
동안 이어져 매개체라니 금융이라니

나도 화폐처럼 주고받으며 어느 손에 순간 닿았나 혹은
닿지 않는 형태로 어떻게든 이어졌나 하는 마음도 들고

뉘에게, 어떤 날들을 떠올릴 수 있을까

되비친다고

배어든다고

그게 놀라움 우연히 그게 결절 그게 섧음 우연히 그게
충일 그게 숙연함 우연히

훗날 생각날지도

동물원이 일터인 사람들에 대해

여러 양가감정을 느끼면서도 그곳의 인간으로서 할 수
있는 걸 최대한 감당하며 하는

맡아 기울이고 자연에 가깝게 궁리하고 자연으로 되돌려
보내고 또 남아 지내면서 다른 인간을 말리기도 하면서

야생동물은 스스로를 연민하지 않는다고도 감각하면서

그 하루

그 이틀

뒤에게, 잘 지내는지

나는 육교에서 숍에서 제방에서 공원에서 우리가 만든
공간을 지나가면서는 새삼 인간의 생활권이군, 생각해

휴일이 되어 또 다른 곳으로 가면 그 공간에 꽃이 있고
풀이 있고 잎이 있고 산책하는 동물이 있다고

어떤 동물은 인간을 피하지 않는군요 그게 낯설 때가
있는데 그들 중 어떤 동물은 직업이 있고

직업이 있는 동물은 여러 인간의 생애를 마주 보며 이

안태운

옥고 또 다른 인간들을 거쳐 가는군요 그렇게 시간이 흐른다고

여러 날들 속에서

뉘에게, 잘 살아가고 있는지

그러니까 어느 권역을 헤매고 있을지 궁금해

어떤 감정과 장면으로 이루어져갈지

나는 여기 있어

흐르는 일부로서 성긴 그물을 던지자며 성긴 그물 속에서 포획되자며 여기

취주악과 봄바람에 대해 멀리 있는 사람이 되어 과거를 상기해보기도 하고

죽은 사람의 영상을 미래에 되감아 보기도 하면서

여기 있어

먹으면 그 동물이 된다는 인간의 발상에 순간 소스라치기도 하면서

뉘에게, 어떤 것들은 불현듯 한꺼번에 저기 지나가는 듯도 하고

나는 순간 의지를 지닌 채 실행하기도 또 물러서기도 하고

기억을 지피는 사람이 되기도 해

인간으로서 잘 살아간다는 게 무엇인지

뉘에게, 나는 안부를 물으며
여기 있어
여기 있다는 건 어떤 느낌인지, 문득 낯설어하며
주위를 둘러보았지

안태운

# 눈석임물

　눈석임물. 눈이 흐를 때 녹아서 물. 물이 흐를 때 다시 겨울. 너는 머루를 쥐고 가는 사람. 너는 머루를 흘리는 사람. 눈석임물. 눈이 녹을 때 너는 이미지를 흘려보내는 사람. 이미지를 흘려보내면 물. 물이 녹으면 무엇이 되나. 물속의 물과 같이. 물속의 여름. 눈석임물. 물이 녹는다는 느낌을 간직한 채 너는 휘도는 사람인가. 너는 점점 맑어지는 사람인가. 눈석임물. 눈과 물 사이 망설임과 가다듬음. 여름. 대문 앞에 서성일 때. 가까이서 멀리 멀리서 가까이 가닿을 때. 눈석임물. 너는 머루를 건지는 사람. 너는 눈시울을 붉히는 사람. 윤슬이 비치며 흐를 때. 눈시울이 엷게 펴질 때. 너는 머루를 바라보는 사람. 너는 머루 속에 있는 사람.

# 생물종 다양성
## 낭독용 시

이제부터 생물종 다양성에 대해서 살아갈 것이다,
라고 나는 오늘 다짐했다
거울 속 나의 얼굴을 바라보며 내 얼굴과 나쁜 아닌 인
간 얼굴의 여러 가지 면을 떠올려보다가도, 아니 아니 그
게 아니야 그게 아니라
생물종 다양성에 대해서
하지만 어떻게?
내 삶 공간에서 어떻게?
어떻게 업으로 삼을 수 있을까, 지금에라도
사뭇 진지해졌는데
당장 해볼 수 있는 게 있을까, 멀리서라도
그러므로 오늘은 절멸한 생물들의 이름을 반복해서 되
뇌어보는 시간을 가졌죠 생김새를 떠올려보며 오랫동안
　　　......

랩스 프린지 림드 청개구리(Ecnomiohyla rabborum)
브램블 케이 멜로미스(Melomys rubicola)
포오울리(Melamprosops phaeosoma)

　　　안태운

크리스마스섬집박쥐(Pipistrellus murrayi)

콰가(Equus quagga quagga)

세실부전나비(Glaucopsyche xerces)

스텔러바다소(Hydrodamalis gigas)

타이완구름표범(Neofelis nebulosa brachyura)

······

인간의 언어로

한국인이므로 현대 한국어족의 화자이자 청자로서

라틴어 학명을 어떻게 읽어야 하나 구강을 이리저리 움

직거려보면서 부르는 다른 이름들을 생각해내면서

한국인의 조음 방식과는 좀 다르게 시도하면서

그렇게 혼자 되뇌어보는 나를 보면서도 순간

기만적입니까,

라고 의식했습니다만

인간이므로

인간으로서

인간이니까 어쩔 수 없다고 받아들였지만

인간 때문에 동식물이 자연도태보다 5백 배나 빠르게

절멸되고 있다,

2010년대에만 467종이 절멸되었다,

라고 지구에서는 내내 보도되고 있다

그러므로 내가 할 수 있는 건 없나요

나는 한 인간의 생애 동안 한 종이, 아니 그 정도가 아니라 숱한 종이 절멸되고 있다는 사실에 아연해졌는데

그 시간과 공간을 오랫동안 가늠해보다가 혜량할 수 없다,

라고 천천히 발음해보았는데

그런 내 인간의 몸과 마음을 낯설어하면서요

몸과 마음의 상실에 대해서

내 몸과 마음뿐 아니라 내 몸과 마음의 종뿐 아니라 다른 생물체의 대대손손의 상실에 대해 혜량할 수 없었는데요


이제부터 생물종 다양성에 대해서 살아갈 것이다,

라고 나는 오늘 다짐했고

그리고 나자 무엇을 할 수 있을지 모르겠다

당장 옆 사람이 있다면야 두 손을 힘껏 맞잡으며

그래 그래 오늘부터야

무엇을 어떻게 행해야 할지 모르면서도

다짐을 하고 계속 다짐을 다짐하고 그래 그래 두 손을 꼭 맞잡고서 다짐은 두 손이 되기도 하고

할 수 있다고 여기서 찾아나가자고, 그렇게 서로의 얼

굴을 바라볼 수도 있었을 텐데

　오늘 옆 사람은 없었으므로

　다만 지금은 한 생물종의 보존을 위해 평생을 바치는
사람을 떠올려보았죠

　나도 인간으로서 그렇게 쓰이고 싶다는 마음도 들었지만

　되고 싶지만 내가 될 수 없는

　그 삶 공간에서 하루하루 업을 이어나가는 사람들

　그 사람들을 다만 보존하고 싶다

　보존하는 사람들을 보존하고 싶다

　그렇게 보존되는 끝도 없는 사람들로

　다른 생물종도 능히 지낼 수 있을까

　살아가며 살아가게 하는

　살아가게 하면서 살아가는

　생물들을 응원할 수 있다고

　그러면서 나는 무엇을 할 수 있을까

　지구에 최대한 해를 덜 끼치려고 노력하면서

　조금이라도 쓰임과 효용이 되고 싶었는데

　내 시간과 공간에서

　한반도에서 내 몸과 마음에서

　가끔 무언가를 끼적이는 사람이므로 해볼 수 있는 게
있을지

끼적인 걸 낭독해보며

낭독용 시를 써보며

해볼 수도 있을까

낭독해볼게

낭독해보자

생물종 다양성에 대해서

여기서 해볼 수 있는 거뜬한 움직임이라는 듯이

멀리서 또 가까이서 들려오는 절박한 속삭임이라는 듯이

행동의 앞뒤라는 듯이

시가 쓰일 수 있다면 또 그렇게

낭독이 쓰일 수 있다면 또 그렇게

계속 행동하며

당차고 성실하게요

그래 그래

당차고 성실하게

보존되고 보존하려는 마음으로

보존하고 보존되려는 마음이라면

여기 생물들 속에서 생물들로 이루어지면서

멀리서 또 가까이서 그렇게

움직임을 계속 움직여볼 수 있고

안태운

# 경주

기억할 만한 것은 무엇일지. 해 질 녘. 기억 사이로 어떤 세계는 하루 동안 내내 변해가고 있었는데. 어디선가 짚이 타고 있었고 짚 타는 냄새가 이리저리 번지고 있었고, 해 질 녘, 재로 남은 것들은 멀리 또 다른 곳에 있을 것 같았는데. 기억할 만한 건 무엇일까, 궁리하면서는 문득 내가 지금 기억 자체가 된다는 생각으로 여러 곳을 들락날락할 수도 있을 것 같았는데. 어느 순간 이 하루를 공간처럼 느끼게 되었고, 이 하루가 주어져 내가 할 수 있는 몸짓이 있고 몸짓으로 머무는 공간이 있어서, 후일 기억되는 나를 멀리서 상상해볼 수도 있을 것 같았고. 가을 걷이가 곧 시작될 것 같아. 실바람이 불 것 같아. 도요새가 드나들 것 같아. 들판은 점점 넓어져가고 나도 점점 퍼져 나가는 느낌이 들면서도, 여하튼 들러야 할 곳들을 떠올렸지. 오늘 하루 공간 사이 가야 할 곳. 둘러쌀 곳. 그렇게 나아가면서는 박물관으로 향해야 할 것 같다는 느낌이 들었다. 출토된 것들. 오랜 세월 드문드문 발굴하여 한데 모아놓은 것들. 가면서는 따라가듯 하고 싶었어. 무언가

를 그냥 따라간다는 느낌으로, 그것의 흔적이 놓여 있는
데 파다한데, 그 흔적이 귀띔하는구나, 그걸 나는 눈치채
는구나 하는 마음으로 걸어가는구나, 횡단보도를 건너는
구나, 건너가면서는 실제로 무언가가 시야에 들어와서 놀
랐고. 검은 개. 터 주위를 걷는 개. 검은 개. 해 질 녘. 검
은 개의 인상. 검은 개는 가고 더 멀리 가버려서 조약돌.
나는 눈으로 좇기만 하는데 이미 사라져가는 개. 검은 개.
기어코 따라가면 평생이 걸릴 것 같아 기이한 마음이 들
것 같아서 발길을 돌리고 결국 박물관에 도착해 나는 내
내 바라보고 멈추어 사진 찍는 인간으로 시간을 보냈다.
그 사진을 나중에 보면서 나는 이날 내 손이 저것을 향해
순간 멈춰 있었구나, 하고 생각할 것 같은데. 박물관을 떠
나면서는 다른 흔적들을 찾아볼 것이라고 다짐했지. 조사
단원처럼. 탐정처럼. 발견할 수 있다는 듯이 주의를 기울
이며 걸어갈 것이다. 걸어서 그 걸음이 어떤 순간인지 어
떤 기억인지 깨달아갈 거라고. 그러다 보니 나는 총冢 주
위에 있었고, 해 질 녘, 구름이 움직이고 있었고 누가 살
았는지 모르는 무덤 위로 온갖 동물들을 마주치는 것 같
다. 그러니까 말, 소, 꿩, 개, 사슴을. 능선을 뛰어다니면
서 모양을 이루는 그 모습을 바라보면서도 오묘한 능선이
라고 생각하며 나는 따라가고 있었는데, 따라가는 나를

안태운

누군가 능선이라고 생각할 수도 있겠구나, 그렇게 생각하는 누군가를 또 다른 어떤 동물은 따라가며 능선이라고. 능선과 능선. 그 이어짐은 끝없이 나열될 것도 같은데. 그럼에도 끝이 있을까. 어떤 끝. 어떤 끝의 매듭과 종료. 정말로 정말로. 결말. 그러다가 나는 문득 인간 없음에 대해 상상을 하고. 단순히 상상을. 인간이 없는 세계에 대한 인간적 상상을. 인간이 없다면 어떤 것의 사후도 들여다보지 않을 텐데. 죽은 몸을 바라보지 않고, 구조물을 만들지 않고, 죽은 후 기리고 바치고 냉동하고 숙성하는 몸에 대해서 행위하지 않고. 그런 인간의 모습을 바라보는 인간도 없을 텐데. 나는 지금 기억 자체가 될 수 있나, 생각하면서도 기억할 만한 건 무엇인지 떠올리며 아무 마을에나 들를 수 있을 것 같은데. 마침 오는 버스를 타면서 종점에 있는 마을로 향하면서. 나는 버스를 타고 가면서는 좋았다. 정말로 정말로. 어딘가에 실려서 의탁해서 내가 모르는 장소에 도착해간다는, 내 눈을 지나가는 풍경에 맡기고 있다는 느낌이라서. 모든 게 놀랍다는 생각이 들어서. 그날들이 훌쩍 지나 지금이라는 게. 퇴사일과 전역일과 만기일과 입학식과…… 그러니까 그날을 손꼽아 기다려온 날이 있었는데 얼마 안 남았다고 좋아할 때가 있었는데, 그 시간이 훌쩍 지나 이제 그 모든 일이 과거라는 게 놀라

워서, 기다리던 날들을 지나 그리워하고 있구나. 이 버스는 어디로 향하는지 모르고, 해 질 녘, 다만 안에서는 팔러 갔다가 돌아오는 할머니들이 있었고 대화하고 있었는데, 엿들으면서는 잠결 같아서 좋았고. 그때 내 몸을 떠나나, 설마 내 몸을 떠나나, 불쑥 생각이 들었는데. 하지만 무엇이? 무엇이 무엇을 떠나지? 그런 생각을 하는 내 모습이 어색하여 떨쳐냈는데, 그 후 바닷가가 있는 종점에 내려 실컷 걷다가 다시 그 버스를 타고 돌아오고 있었는데. 총으로 다시 돌아오면서는 둘레가 다 총이군, 느닷없이 총이 나타나고 어렴풋이 총 같다. 그 둘레에는 낯선 단어들이 떠도는군. 그러니까 장육존상과 심초석, 해목, 추복, 녹유벼루, 사리갖춤 같은 것들. 옛날 사람들은 지금도 여기를 거닐겠구나. 오랜 시간 후에 나는 왔고, 추녀에 걸린 풍경처럼 숨소리를 내면서 나는 걸었고, 숨소리를 내는 나를 느껴보고 있는데. 보슬비가 내리기 시작하는 것 같다. 우산이 없어서 나는 처마 아래에 서 있다가 그쳤다 싶으면 또 그 앞의 처마로 걷고 비가 다시 내리면 머물러 있고, 이따금 그렇게 멈춤, 걸어감, 멈춤, 걸어감, 해 질 녘 속에 있었고, 나는 어떻게 될까, 나는 어떻게…… 잠깐 상상해보았고.

안태운

# 오송

눈을 떴고 어두웠고 지금은 새벽이군, 어렴풋이 인식했고 당연히 그러하다며 시간을 흘려보냈는데, 여전히 어두웠고 순간 나는 새벽이라는 시간을 무수히 지나쳐 왔다고 느끼게 되었다. 새벽, 그렇게 있으면서 새벽에 깨어나면 눈 뜬 채 가만히 누워 있기도 간혹 앉아보기도 하고 하지만 밖으로 나가지는 않고 새벽은 매번 지나가고 있었고 또 다른 새벽에는 물론 꿈속이었을 테고 또다시 깨어나는 날에도 눈 감은 채 잠을 청하거나 날 밝길 기다렸던 것 같은데. 하지만 그때마다 일어나 밖으로 나가보았다면. 깨어난 새벽마다 어디든 나가보았다면 무엇을 볼 수 있었을까. 어떤 일을 겪었을까. 그러므로 나는 새벽 지금에라도 나가야 할 것 같다고 느꼈다. 무작정 나가보네, 몽롱한 상태로 마침 이곳은 고향 집이었으므로 더 가볼 수 있는 곳은 시내가 아니라 제堤일 것 같아서. 물과 나무가 있는 곳, 제로, 우거진 곳으로 가보자 하면 더 가볼 수 있을 것 같아서 향하고, 향하는 동안 날파리 한 마리가 내 눈앞에 날아들어서 눈을 감고 나는 그 눈 감는 순간이 마치 날이

저무는 듯 천천히 지속되는 듯해서, 그렇게 내가 천천히 눈을 감고 내 눈을 내어주는 듯 맡기는 듯해서 오래 기억할 것만 같았는데, 이내 날파리는 사라지고 없는데, 내내 걷고 있었으므로 눈앞에는 제가 나타났는데. 서서히 드러나는 제, 그 물과 주위를 둘러싼 나무들. 나는 이 새벽 여름이 여름 새벽이 좋게 느껴졌고 제를 돌고 서서히 밝아질 것 같은데 그러지 않길 바라며 걸어가고 있다. 문득 이 제에 대해서 들었던 이야기가 생각났다. 이 제의 물을 다 빼낸 적이 있었어. 정비 사업을 한다고, 관청에서 사람들이 왔었지. 마침내 제의 물을 다 빼냈고, 물이 다 사라지니 남은 것은 선연히 보이는 것, 물 아래에 있던 물풀과 물고기. 어떤 주민들은 거기서 숨죽인 채 그 모습을 바라보고 있었어. 몇몇은 물고기를 품은 채 데려갔나. 그 물고기를 어떻게 했을까. 누군가는 눈물을 흘렸을까. 몰라. 그 물고기가 어떻게 되었는지는. 하지만 관청에서는 왜 이런 짓을 하는 걸까. 몰라. 이윽고 제는 다시 물로 채워졌어. 물이 다시 생겼다. 생겨났다. 그러하므로 내가 지금 둘레를 걷고 있는 이 제의 생태계에는 온갖 생물이 살아가고 있는데, 실잠자리와 미나리, 갈대, 쇠물닭, 왜가리, 부들, 물꼬리풀, 거미, 송사리, 소금쟁이가 있었고, 그 모습들을 바라보다가도 나는 시간이 지나 뜨거워질 한낮을 떠

안태운

올려보기도 하고, 한낮의 조그마한 그늘을 지나가고 있을 개미가 연상되기도 하는데. 한낮에는 집이나 카페에 앉아 나는 가만히 머물 텐데 무더위를 피하며 하루를 날 텐데, 그렇겠지만 지금은 새벽이라 좋았고 다시 떠오르는 장면이 있었다. 그것은 한 달 전쯤에 이 제를 거닐었던 기억, 비가 쏟아지는 날이었다. 그날도 나는 고향 집에 있었으므로 비를 바라볼 수 있었고, 우산을 쓴 채 밖을 거닐고 싶었고, 그때도 마음껏 거닐 수 있는 곳은 이 제였으므로 향하여 갔고, 비가 몰아치지만 제 둘레의 산책로로 들어서면서는 아늑하다는 기분이 들었다. 숲이 우거져 있었으니까. 비는 나무 이파리들에 닿은 후 흘러내렸으니까. 나는 쏟아지기보다는 흘러내리는 비를 맞고 걸어갈 수 있었으니까. 그 빗소리를 내내 들으면서 돌고 있었는데, 여기저기서 개구리 소리가 울렸다. 그게 좋았다. 좋았어. 소리만 들리다가 순간 개구리가 정말로 산책로에 나타나기도 하여서 그 광경을 신기하게 바라봤는데, 풀쩍풀쩍 뛰는 여러 마리의 개구리가 왔다 갔다 하고 나는 놀라고 혹시나 내가 밟을까 봐 조심조심 바닥만을 바라보면서 걷고, 옆으로 돌아보면 수면의 생기, 무수히 일어나는 기척들, 내리는데 오히려 올라가는 꿈틀거림이 파다하고, 나는 한 인간을 떠올리기도 했다. 오래전 한 인간은 뭍에서 당연

하다는 듯 숨 쉬며 걸어갔을 텐데 물을 발견하게 되어서
그곳으로 들어가게 되었고 이내 잠겼고 뭍에서와 다르지
않게 물속에서도 숨을 쉬었어. 그럴 때 이상하다는 감각,
숨을 못 쉰다는, 이후 수면 위로 올라왔는데, 물속이라는
건 이상하다, 그걸 깨달은 인간이라니. 나는 그 인간의 표
정을 어느새 수면을 통해 바라보는 듯도 했다. 그날 나는
어땠나. 나는 비 오는 제를 몇 번이고 걸을 수 있었나. 이
곳에 자주 오는 이유를 물론 내내 알아채고 있었나. 왜냐
하면 제의 근방에 우리 개가 묻혀 있으니까. 나는 여름이
되어 무성해진 이곳을 돌면서 안도감이 들었다. 제의 둘
레와 잠시 멀어져 우리 개의 무덤이 있는 곳으로 향하면
서도 모든 게 자라나 있었으니까 마음이 놓였어. 이것들
이 우리 개를 보호하고 있다는 생각이 들었으니까, 부러
풀을 헤치며 무덤 가까이 가지는 않았다. 다만 다시 제를
돌았고, 우리 개를 떠올렸고, 나는 우리 개의 꿈을 자주
꾸며 살아갔다는 생각이 들었고, 그중 한 꿈이 생각났는
데. 꿈속에서 나는 우리 개를 잃어버렸고 순간 똑같이 생
긴 우리 개가 여러 마리 나타났어. 우리 잘 지내자고? 나
는 말했는데, 거기서 우리 돌아보자, 하며 함께 걸었고,
우리 개가 우리 개들처럼 새롭게 느껴지기도 했는데, 그
때 나는 이제 안 잃어버릴게, 하고 다시 돌았는데, 우리

개의 꿈들은 반드시 일어나게 하는 꿈 같다. 새벽을 맞이하게 하는 꿈 같다. 어두웠는데도 그 새벽에 일어나게 하는 꿈 같다. 그때마다 나는 꿈에서 깨기 직전 우리 개가 내 왼쪽 겨드랑이에서 자다가 움직여 내 오른쪽 겨드랑이로 옮겨 오는 감촉을 느끼는 듯했는데, 나는 깨어나며 머금는다는 느낌이 들었는데, 눈물이 흘렀는데. 이따금 고향 집에 머물며 제를 돌면서는 서러운 꿈 감각, 서러운 꿈 감각, 하며 되뇌었던 기억이 있었고, 지금 여름 새벽 나는 이 제를 걷는군요. 아침이 되어갈 것 같군요. 이윽고 날이 밝아지는 것 같다. 하지만 영영 날이 밝아지지 않을 것도 같다. 새벽, 나는 제에 다가가 물속에 손을 담그는군요. 손으로 휘젓네. 내 손의 움직임을 보고 순간 기척을 낼 생물들이 있고, 나는 제를 떠나고 있고, 몇 시간 뒤에는 그늘 아래 앉아 있을 것 같은데 새벽 여름, 나는 잠긴 채 있었구나. 나는 잠긴 채 있었어, 훗날 깨달았지.

# 염화칼슘 보관함

툭툭 눈송이는 함 위로 떨어지는데, 그렇게 쌓이는 눈, 쌓여가는 눈, 눈을 밟는 고양이의 발자국, 고양이는 지나 갔나, 또 다른 고양이가 나아가고 있었나, 그 시간은 흐르 고, 문득 염화칼슘 보관함을 여는 네 손이라니, 열 때 조 금은 흩날려 내리는 눈, 염화칼슘을 얻은 네 표정, 이후 닫히는 함, 그 후 눈은 다시 쌓이네, 쌓이다가 녹다가 그 렇게 눈의 계절은 흘러가고, 날씨는 따뜻해지고 있었는 데, 너는 거닐었고, 거기 보이는 염화칼슘 보관함, 햇볕이 내리쬐네, 숱한 손발이 닿았을 테고, 생물의 흔적은 남아 있기도 했을 테지만, 여름이 되어가고 있으니 자국은 찾 아보기 어렵고, 함을 열 수 있을까, 놀랍게도 여름이 되어 서 네 손이 닿을까 열릴까, 눈을 털듯 하다가 함을 열어보 는데, 안에는 무엇이 있나요, 열어보니 그것이 있군, 그것 이야, 그것을 뒤로한 채 너는 골목을 거니는데, 집으로 돌 아갈 때는 여러 마리의 고양이를 볼 수 있었고……

안태운

윤은성

2017년 문학과사회 신인문학상을 통해 작품 활동을 시작했다.
시집 『주소를 쥐고』가 있다.

# 우산을 쓰고 묻는다


제습기. 고양이. 손가락을 움직일 때 출렁이는 작은 빛.
물병을 들어 올린다. 처음으로 돌아가는 것의 유효성.
  손.


빨래가 볕 없이 마르고 있다. 지워지지 않는, 푸르스름한
고양이.


선량과 흐린 날의 기준에 동의하지 못한 채 순응한 적
있단 듯이 고개를 조금 갸웃하는 우리의 대부분의 시간
동안
  푸르스름하다.


믿음에 대하여 누군가는 말하고, 누군가는 푸르스름한
물빛으로 찰랑이다 사라지고, 다시 믿음은
  믿음은 어디로든 보내져야 한다고, 고양이가.


담장이. 던져 올린 플라스틱 물병의 가벼운 포물선이.

작게 드리웠다 사라지는 그림자들의 움직임이.

입술처럼 천천히 옮겨 가고 있었다.


나는 만지고 있다.

손가락을. 손마디를. 네 얼굴에 드리워지는 풀의 무성
한 숨죽임을.


우리가 입 밖으로 꺼냈던 모든 말이

영원을 전제한 것은 아니었다. 숨과 공기. 한 박자 빠르
거나 늦게 오는. 고양이가 제 털들을 토해내고도 다시 제
몸을 핥는 순서.


목이 타고 다만 목이 아려 온통 별이 태어나고 사라지
듯이 탄다. 매 순간은 언제까지가 상한선의 시간인가.


이전과 같지 않다고 해서 얼굴에 빗금이 쳐지는 것은
아니라는 부기附記를 얻곤 한다.

매일 낯선 저녁을 보내고

적으러 갈 때.


그러다 구름이 더 모이면


윤은성

잠깐은 우리인가 하면서.


　오랜 결합의 방식과 각자의 손들이 놓여 있는 모양을
짧은 잠의 순간처럼 기억하고 묻는다.
　머무는 것과
　돌아오지 않는 것 중 무엇이 조금 더
　삶에 가까운가.

# 시네마토그래프


거품이 날아가.
길가에 놓여 있어.


웅성이는 언니들. 어떤 목소리는 한꺼번에 멀리 떠오르
고 또 어떤 목소리는 내 발등 위에 떨어져.


언니들은 어둡고 희미하거나 때로 너무 하얗기만 한 얼
굴을 남기고 떠나고는 했었지. 이 기억이 누구에게도 보
호구가 될 순 없겠지만


내가 만들어내는 소리 역시
누군가의 발등에 떨어지거나 멀리 떠올라 사라질까?


네가 꿈 없이 깊은 잠에 들기를 바라.


윤은성

*

쇠로 된 물건들을 우리는 한동안 수집하곤 했었지? 그게 단지 언젠가 붉게 변하고 말 차가운 조각이라고 해도.

그게 서로를 지탱하다 복부에 화흔이 옮고 마는 것이라 해도.

차갑다.

여행지에서
그리고 여행지에서 선택하는 더 자잘한 여행지에서

같은 언어를 쓰는 사람들을
마주하는 교회에서

생각했지.

왜 떠났는데 다시 모이려고 할까. 왜 떠났는데 다시 돌아가려고들 할까? 그런 게 미래일까?

떠나기 전의 사람과 돌아온 사람에게 같은 얼굴을 기대

해선 안 되는 것처럼

　무거워진 마음의 이부자리 밑에서만 몸을 뉘어두는 초
겨울.

　아주 작은 선택들을

　모르는 새 반복하는

　오후.



*



　고속도로로 진입하려고 해. 차거나 뜨겁거나 둘 중 하
나의 손으로 무엇을 오랫동안 쥐고 있을 수 있을까?

　너는 왜 길에 녹은 채로

　붉은 얼굴을 이따금 들어 올리고 있어?

윤은성

# 남은 웨하스 저녁

하우스. 쌓인 눈이 텅텅 미끄러져 내려오는 비닐. 사람이 지나치는. 교회에서 기도하고. 돌아오는 집 앞에. 비닐. 거둬 가는 사람.

하우스.

언니, 웨하스 먹어. 강아지가 긁어.

문 닫자. 여기서 나간 후의 빛. 도착한 후의 빛. 다른 거리와 건물의 것.

멀리 갔다가 오지 말자. 사람을 강아지처럼 따라다니지 마.

빛이 없어도 보이게 된 밤의 눈과
빛이 없어도 열리는 어둠의 옷가지들이.
잠 너머로부터 빠르게 깨어날 때의
눈앞 텅 빈 공기가.
공기 가르는 기척 없이 멀리서 그저 있는 작고 오래된
별들이.
따뜻하지 않아서 옳다고 느껴졌다 했지.

언니, 웨하스 먹어. 부서져서 잤어.

무표정한 얼굴로 동생이 운다.

여기서 나가는 거 나는 도무지 모르겠다고 엄마가 말하네. 장화를 엄마가 신었네. 크고 흐물거리는 장화가 널브러져 있었는데. 엄마가 장화를 신었네.

엄마가 전화를 먼저 끊지는 않고. 엄마, 나는 눈이 지워져가는 것 같아. 엄마는 전화를 끊지는 않고. 내가 귀가한다.

귀가한다. 목이 마르고.

내게 오늘 본 건 뭐냐고 엄마가 묻는데 엄마는 귀가 아픈데

왜 또 이어폰을 꽂고 설교를 듣고 있는지 애가 탄다.

목이 마르고.

엄마 무엇을 확인하고 싶어?

아픈 귀에
들리지 않는 한쪽 귀에
들리는 소리가
남아 있는 세계에
집 앞에
강아지가 계속 돌아다니고 나만 보면

윤은성

엄마 먹을 걸 달라고 하는데 그냥 웨하스 다 줘도 되나

나는 시도 쓰잖아. 엄마가 안 쓰고. 엄마가 안 울고. 저 강아지는 어디까지 혼자 갈 줄 알까. 안 울고. 안 짖고. 발견되지 않고.

찾지 못했다고 할게. 안 들리나 보다 할게.

발견되지 마. 먹어. 멀리 갔다가

엄마가 잠에서 안 깨고. 부서져서 자고.

엄마 무엇을 확인하고 있어?

엄마가 자꾸 귀가 아프다 하고.

괜찮아. 우리가 읽은 게 서로의 입술이 아니어도. 문 닫자. 엄마. 아직 안 끝났을 뿐이라서.

웨하스 다 부서져서. 털자. 우리가 들은 게 숨소리뿐이라서.

괜찮아. 잠도 다 깨버렸어.

겨울엔 비닐하우스 남은 철골 사이 먼

동생이 운다. 엄마가

부드럽게 빛나고 있었다.

언니.

먹어 언니 우리가 같이

남긴 웨하스.

# 겨울과 털 공과 길고 긴 배웅과

들려오는 성가聖歌가 있었다. 하나의 악기로만 반주되는
마음이 깨끗한 발자국 같았다. 눈이 더 쌓이지 않아서
눈이 더 오라고 빌었다.
노래가 향하는 곳이 정말로 하늘일 것 같아서
내가 있어도 그만 없어도 그만인 게 좋아서
그러면 언니나 선생님이나 애인을 찾지 않아도 되어서

*

또 겨울이야. 찾아갈 새 극장은 아직 문 닫지 않았어.
우린 이미 닮은 얼굴이려나. 닫힌 노래. 반복되는 확인.
나는 내가 눈에 파묻힌 적이 없단 것만 알았는데. 눈이 없
는 길에서는 언니를 매번 놓쳤더라.

혼자라는 걸 믿지 말라고도 하고
혼자라는 것만이 단 하나의 진실이라고도 해. 언니는
무엇을 들었어? 바닥에서 천천히 숨을 내쉬고 들이마시는

윤은성

게 종교 비슷한 거라며.

우리는 같이 그걸 들었을까?


나는 저수지와 큰 풀과 강아지와 예배를
농담을
맞는 매와
아무도 한마디 간섭하지 않는 무방비한 호흡들을
기도의 이상한 응답들을
나누고 싶었는데.
껴안고 자고 싶었는데.


이상해지고 말았지? 나를 누군가에게 봐달라고 할 수가
없어서. 그래도 같이 기억해주면 안 돼? 우리가 맞을 때
의 어둡거나 밝은 단 두 개의 명도라든가 차가운 대리석
계단들
누군가 살지 않는 교사校舍와 아이들을 부르는 어른들

*


풀린 옷으로 만든 털 공이 아무 데로나 굴러가. 막연하
고 즐거운 기분도 흘려보내는 믿음 비슷한 거라며.

맞는 사람도 돌아서는 사람도 숨어서 우는 사람도 피부
을 욕을 알지 못해 안고 있던 접시들을 놔버리는 사람도
쓰러지고 사라지려는 언니도
내가 아직 다 듣지
못한 노래인 거야?


\*


언니가 편안하기를 바란다는 말로부터 시작하면
내가 잃어버리기로 작정한 언니가
나의 침대로 돌아와 잠들어 있단 걸 알게 돼. 그러면 나
는 언니를
더 밝고 따뜻하게 껴안고 성가처럼 부르려고.
막연하고 즐겁게 같이 잃어버리자 말하며
한 번 더 데려다주려고.

윤은성

# 모르는 일들로부터

좋은 꿈을 꿨어
이걸 정확하게 말하는 법을 모르겠네

아침마다 아직 내가 가진 그림자가 뭉쳐진 채
내 살갗 밑 깊은 숲속에서 나오지 않으려고 해
그럼 난 아무 그림자라도 찾아서 내게 붙이고 외출하지

고마운 사람들은 내게 그림자를 빌려줘
가끔은 선물로도 그림자를 보내주곤 하더라

오늘은 한 시집에서 그림자를 얻었어*
그게 구명조끼로 느껴졌어 기뻤지 그렇게 살아 돌아왔
는데

부레옥잠, 고양이, 고래와 송아지 들
내가 자라며 살펴본 이끼들은
가만히 지켜봐야 소리를 들을 수 있고

자신의 목소리로 안전한 해안과 숲을 마련하는
슬프고 강한 사람들을 보는 요즘이야
그럼 내 숲의 초록빛도 한 번씩 밖으로 내비쳐지고

아 참,
숲들이 겹쳐지는 자리에 호수가 있더라
같이 앉을 수 있을 때엔
몰랐던 요리를 만들어 먹자

용기를 낼 거야 겹쳐진 꿈은
선명해지기도 하니까

네가 어떻게 숨 쉬는지 들을 땐
적어도 함께 있거나
적어도 너의 숨의 모양을 조금은 더 깊이
알고 기억하는 중이겠지


* 희음 시인의 「라이프」(「치마들은 마주 본다 들추지 않고」, 걷는사람,
  2020)로부터 그림자를 얻었다.

윤은성

# 대비

영혼 속에 남는다
주저 없는 날을 보냈다고 쓰기도 한다

긴 밤을 지새우는 사람이
노크 소리를 깊은 곳에 잠가둔다

방울, 점, 집게, 통
솜
젖은 솜
버려지는 젖은 솜

문을 열어두면

밤새 오래된 사람의 손가락 마디처럼
서리가 느리게 펼쳐지고

어렵게 퍼져 나간다

뭉쳐진 잠, 엄마를 찾는 여자, 방울, 통

맺히다 잠들고, 잠들다 다시 맺힌다

공들인 오늘
공들인 긴 오늘
끝나지 않고 있는 오늘

여자는 일어나 앉고 다시 눕고
다시는 밖으로 선명한 얼굴로 나가지는 못할 거라고

영원히 이해할 수 없을 오늘의 구조물 앞에서

어둠과 밝음의 어느 명도 사이에서
스위치를 여닫는다

여닫는다

차이를 선명히 알아두려고

윤은성

# 윤혜지

2021년 『경향신문』 신춘문예를 통해 작품 활동을 시작했다.

# 사로잡힌 세계

아무 때나 전화하고 싶어서
연인을 만들었어요

굴착기를 좋아하는 사람

병원 침대에 누워 좋은 말씀을 많이 들었어요

자신이 부순 어떤 마을에 대해 말해주었습니다

상점들의 벽마다 방패 모양의 금속판이 촘촘히 붙어 있
었는데 쇠와 쇠가 부딪히는 냄새가 온 동네에 진동했고

계피와 빵과 비누 따위를 얻은 사람들은 아파트로 돌아
가 또 무엇을 떼어낼까 골몰했습니다 수도꼭지든 뭐든 다
팔아먹고 거리로 나온다네요

그것참 쓸쓸하군요, 하며 웃다가 병이 깊어지고 말았습

니다

어느 날엔 저수지에 가라앉은 목각 인형을 건져 올린
이야기도 들었습니다 굴착기 끝에 닿은 인형의 마디마디
가 부러져 나무조각에 불과해져버렸다고요

나도 인간의 형체가 바닥났어요 그냥 조그맣고 쪼글쪼
글한 조약돌일 뿐이에요, 라고 하자 그는 달걀도 깨뜨리지
않을 만큼 얌전하게 내 어깨를 다독여주었습니다

뜨겁고 달고 부드러운 것을 먹이다 포기한 사이

모든 것을 으스러뜨릴 수 있는데도
모든 병을 긁어낸 듯 말끔하게 나은 것만 같아

그가 좋아하는 것을 타고 함께 집으로 돌아왔습니다

옆집에서 개를 기르는지 험한 소리가 나서
복도에서 보이지도 않는 개를 달래주고 나서야 집에 들
어올 수 있었습니다

윤혜지

개가 바라는 것은 오직 파헤쳐지는 침묵뿐인데

마스크의 안팎을 분간 못 해
입을 멈출 수 없군요

볕이 잘 드는 아파트

이제 더 이상 팔아먹을 것도 없다고

종일 기다리던 개가 말해주었습니다

# 모든 것을 내려놓은 고양이

단단한 말을 하고 싶었지만 단단하다는 것이 꼭 세계에
잘 붙어 있다는 뜻은 아니었다
표면이 매끄럽고 광택이 도는

차를 바꿔가며
차 밑에서 생활하고 있는 고양이

앞발을 번쩍 들고 핥으면

적막으로 찜 쪄지는 골목골목

우리는 어째서 불타는 집에 대한 생각을 멈출 수 없는
걸까, 불이 난 광경을 쳐다보며 하나둘 덧문을 닫는 우리
의 이웃들

언젠가 그런 일을 겪은 거 아닐까요,

윤혜지

마을이 다 타버린 직후
기억을 스스로 지운 것 아닐까요,

통통한 손목을 갖고 있을 때

그렇다면 나는 덧문 안에 놓여 있었나요

고양이가 돌아눕는다

오늘 우리는
전시된 동물의 목록들을 꼼꼼히 살피고
죽은 동물의 껍데기를 보고 왔다

잘 고안된 짐승

털 한 올 한 올
맺혀 있던
핀 라이트

도시는 더욱 달아오른다

사이렌 소리
빛

덧문을 닫고
드르륵 쾅 끼익 쾅 삣 쾅 탁 쾅 야옹

사실 이것들은 다 거짓이고

아무 소리도 없었다
무언가 닫힐 때 그러하듯

마음, 계좌, 유리 천장, 맛집 그리고
고양이의 눈동자

빛깔 같은
덧문들은 모두 느슨한 녹색

이 고양이 눈알이 없는 것 같아 무서워요, 뭔데 저렇게
여유롭게 흉측해

차 밑을 한참 들여다보던 네가 말한다


윤혜지

길과 길을 건너뛰며 번져가던 불길에
고양이의 동공이 조여들고 있었을 뿐인데

불구경은
몰두일까 외면일까

어떤 태도

마을이 녹는 광경을 아름답다고 느껴버리면
안 될 것 같아

자연사박물관에 고양이가 있었나
생각하기로 했다

흔한 동물은 빛도 들지 않는 후미진 곳에 놓인다

하이라이트는 멸종

다시 만나지 않길요!
이제 따뜻한 집의 안쪽에서 지내게 되었나요

돌아오는 길에 우리는
좋은 일만 이어지는 사람을 알게 된다

매끄러운 인생

어, 그럴 리가 없는데
균등한 세계를 조금이라도 믿었던 사람들은 어떻게든
기다려본다
쪼그려 앉아

기다림이란 절로 면적을 작게 차지하는 법

차가 한 대 빠지고

드러난
고양이의 앞발을

자꾸 손이라고 부르고 싶어

현관문을 닫고 들어오면

집 밖에서 흔하게 우는 소리 가득

모든 곤경엔 꾸밈이 많고

고양이 돌아눕는 모양
가득한

조각 케이크 같이 나눠진 세계를 믿는 자들이 있지 않
았는지

불타는 마을을 돌아다니는
순례자들이

# 빈티지한 물의 기운

공장에서 물을 받아 왔다

골짜기 약수 길어
찍어낸다던 그 물

마시고 아빠는

업라이트피아노
가족사진

장만했다

주말마다 둥글게 앉아
대하드라마를 보며 치킨을 먹었다

딸 딸 아들이 나눠 먹은
가슴 다리 목

윤혜지

머리 어깨 무릎은 없다
슬하는 벗어난 지 오래

세계문학전집 속 소녀라면 검은 빵을 먹어야 했다
먹고 남겨서 목탄으로 그은 선을 지울 수도 있는

깨끗하게 검고 단단한

박공지붕은 책을 엎어놓은 모양을 닮았다

뉴스까지 말끔히 보고
이번 세기 최고의 우주 쇼를 보고 싶어
동생들을 지붕 위에 세워두었다

쇼가 시작되면 깨워줘
말하며 지붕 아래 깃들어 잠들었다

읽던 책을 엎어두었어야 했는데

손끝이 희게 될 때까지

순하게 자고 일어나
창문을 열었다

단단하게 언 무릎 네 개

밤새 지붕 위에 서 있던 동생 하나가 말했다

누나야 우리 별 봤다 별이 무거운 것부터 하나씩 떨어
졌다 나중엔 걷잡을 수 없더라

거짓말이다, 언니야
다른 동생이 이어 말했다 별은커녕 빛 하나 없었다 대
신 흰 비둘기를 봤다 우리 집 지붕 위 희다 못해 창백한
비둘기들 가득 앉아 부리를 서로의 날개 밑에 파묻고 있
었다 그것은 성령 같은 것이었을까

나는 다만 그것들이 울고 있었는지 궁금했다 비둘기와
동생들
울고 있었는지 궁금하지 않았다 한 동생은 그날부터 울
기만 했고 나머지 동생은 힘을 키웠고 이내 입을 다물었다

윤혜지

새까맣게 모여 있던 흰 비둘기 가족

비둘기처럼 다정한 사람들*은 아빠의 자랑이었는데

동생들은 무럭무럭 자라
빈티지 와인 마시는 주인 밑에서 일한다

부지런히 일하고 먹고 마시고 가끔 같은 방향으로 돌아
앉아 울기도 한다
뺨은 사랑으로 홀쭉해져 비스듬한 눈물 자국 켜켜이

각자의 지붕을 지어 그 아래에 깃들어 살지만 이제 아
무도 지붕 위에 올라설 엄두를 내지 않는다

지붕은 비어 있다

간혹 새까맣게 성령
스쳐 가도 알 수 없다


* 이석 노래 「비둘기집」에서.

# 희고 흰 빛

모자가 머리를 움켜쥐었을 때

고개를 숙이고 해변에 가득한 돌을 골라냈다

닳은 돌일수록 온기가 있다
함부로 쌓지 않고 바다로 던져버린다

돌이 헤엄치는 모습은 무척 아름답다

꼬리에 영영 붙어 있을 흰 그림자

태초부터 그러하듯 빠르게

신은 여러분의 죄를 저 멀리 던져버리고
곧장 잊어버리십니다

하지만

윤혜지

무수한 그것들이 헤엄치는 모습은
아름답고

진짜 아름다우면 도리어 가짜 같다

벚꽃이 이렇게나 탐스럽구나 마치 종이로 만든 것 같
다, 하는 것처럼
해변 철조망에 날아와 앉은 저 늠름하고 빛나는 까마귀
는 설사 무구한 죄악이래도 집에 데려가고 싶을 정도다

가짜 같은 너와 돌로 꽉 찬 해변에 나란히 앉았다

추위에 떨다 불을 쬐면
어째서 오래 울고 난 기분이 드는지

마음이 부드럽게 잦아들어
우리는 서로의 모자를 벗겨주려 했지만

밀봉된 것

영원히 뜯어낼 수 없을 것이다

내가 너에게 뜯겨지듯

돌이 치워진 자리마다
이미 지나간 돌이 담겨 있다

모자의 시초는 신의 손아귀라고

누군가의 잠꼬대가 들렸다

윤혜지

# 큰 동물의 작은 뺨

스트라이프 티셔츠를 입으면

온몸에 줄이 그어진 느낌으로 죽 산 것 같다고

옷장 속

잘 개켜진
비긋기
비긋기

투명한 무지개가 될 때까지

애착 인형도 애착 인형이 있다
슬픔만의 슬픔처럼

속했다고 더 작은 건 아니지

잘린 케이크의
단면을 보면

무너뜨리고 싶어
맨 아래서부터 캐물었다

스러지는

별의 도톰한 고리

누군가
천체망원경에서 눈을 떼고 깜짝 놀라 말했다

오래된 벽에
키를 재어둔 선들이 남아 있다고

상처 가득한 벽을 수집하는 사람이 고고학자만 있는 건
아니지

기쁘면 손톱이 빨리 자라고
슬프면 발톱이 빨리 자란대

윤혜지

또각또각
어린이의 말씀

한쪽은 더디 자라서
기다려줘야 했다

듣고 우는 사람

블라인드
창가에 서서
두 팔을 가만히 늘어뜨린다

양팔 가득한 무늬

별이 우유처럼 쏟아지는 한낮을
견딜 수 없다고 했다

빛이 보이지 않아
흐린 눈을 서로의 어깨에 비빌 때

거대한 물줄기 아래
젖은 몸을 씻고 나오면

닦지 못해
등에 쳐진 빗금

내가 지금 어디쯤 개켜져 있을 텐데

이전의 나를
재어둔 벽은 어디로 갔는지

땅에 도착한 매미들은
어째서 전부 뒤집혀 있는지

엎드린 등이 밋밋한
여름

그늘 속에 있으면
빛이 얼룩 같았다

윤혜지

# 작은 종

의자에 앉아 있었다

의자는 터무니없이 크고 높아서
함께 앉아 웃고 불을 피우고 샌드위치를 나눠 먹고 나
란히 누워 잠을 자도 자리가 남았다

모두를 머리맡에 두고 누워 책을 읽었다 우주의 냄새
챕터를 펼쳤다 우주에서는
화약과 산딸기와 죽은 짐승이 타는 냄새가 난다고 쓰여
있다

그것은
의자에 앉아서도 맡을 수 있다

의자 위로
죽은 별들이 냄새를 뿜으며 천천히 떠다닌다
없어지지 않고 다만 조금씩

훼손되면서

의자 아래
흙바닥에서 개와 엉켜 노는 아이의 웃음소리를 듣는다

그것은 의자에 앉아서도 생생히 들린다

아이는 웃고 개는 운다
그렇게 말할 수밖에 없다

엇비슷한 깊이로
우리가 무언가의 내부에 고여 있는 것이라면

밤새도록 눈동자를 굴리며 자고 일어난 아침

작은 종을 흔들다 허물어지는 사람이 있다

영원히 끝나지 않을 종소리를 들으며
몸을 일으켜 얼굴을 씻고 주위를 정돈한다

아름다움은 죽은 것들의 몫이라는데

윤혜지

어느 것도 상하지 않고 다만 영영 이어질

반대로 접다 치워둔 마음 같은

책들을 모아
불 속에 집어넣고 손을 털고

달콤하고 매캐한 냄새가 나기 전에

의자 아래로

뛰어내리면

# 임유영

2020년 문학동네신인상을 통해 작품 활동을 시작했다.

# 호수 관리자들

우리는 일주일에 한 번 배를 타고 나가는데,
오늘도 그의 목이 그물에 걸린 것이다.


"안녕하세요, 가르시아 씨."[*]
"별일 없으시지요?"


그의 눈을 가린 젖은 머리카락을 옆으로 넘겨준다.
가르시아 씨는 눈을 뜨지 않는다.


"좋아 보이셔서 다행이네요."
"실례했습니다."


우리는 그의 머리를 놓아주고 뭍으로 배를 돌린다.


"정말 과묵한 남자야."
"신사라니까."

가르시아 씨만 빼고 건진 것은 모두 갑판 위에 있다.
이렇게 때때로 치우지 않으면 금세 엉망이 된다.
호수라는 건 이상하다.
꽉 차 있지만 텅 비어 있다고 착각하기 십상이다.
곧 여름이고, 호수는 넘치기 일보 직전인데
화창한 날에만 호숫가를 찾는 사람들은 태평하다.
두 사람만으로는 손이 모자라지만
적당히 관리하면 큰일이 벌어지진 않는다.


"날씨가 좋군."
"좋은 날이야."


선착장에 모인 사람들이 보인다.
그들은 음악을 크게 틀고 술을 마신다.
아이들은 꽃을 뿌리며 춤춘다.
거나하게 취한 노인이 큰 소리로 우리를 환영한다.


"이봐요, 가르시아 씨는 찾았소?"


"허탕 쳤어요."
"특별한 게 없네요."

임유영

우리는 호수에서 끌어 올린 물건을 사람들에게 나눠
준다.
운동화와 야구방망이,
접이식 의자와 머리빗,
쏠 줄 아는 사람들에게 산탄총.

"자, 마음대로 쓰세요."
"사양하지 마시고요."

물가에서 시작한 대화는 되도록
물가에서 끝낸다.

스무 명 정도 죽고 나면 또 일주일이 지나간다.

매일 밤 몸을 씻고
침실은 늘 청결하게 유지할 것.


* 샘 페킨파의 영화 「가르시아 Bring Me The Head Of Alfredo Garcia」
  (1974)에서.

# 만사형통

그들은 자신의 손가락 끝마다 심장이 하나씩 달려 힘
차게 박동하는 것 같다고 느꼈다. 서로가 손끝의 심장을
들키지 않으려 잡은 듯 만 듯 간신히 깍지를 낀 모양새였
다. 그러면서도 도무지 손을 놓지 못했다. 10월의 바람이
불어왔다. 열 손가락의 요람에서 새끼 쥐 한 마리 푹 자
고 일어날 만큼 시간이 지나도 두 사람은 손을 놓지 않았
다. 쥐가 떠나고 나자 요람 위에는 동그마하고 보송보송
하고 하얀 것이 수리수리하게 자라났다. 그럼 그건 쥐의
그림자일까. 털 달린 탁구공일까. 바싹 마른 흰 빵 덩어리
일까. 산토끼 꼬리일까. 흙냄새, 나무 향기 그윽한 버섯일
까. 달게 자는 아기 주먹일까. 그것을 자라게 두어볼까.
자란다면. 두 사람을 여기 둘 수 있는 이유가 될까. 찬바
람 부는 가을밤을 둘이 계속 걷게 해도 될까. 알 수 없는
것을 알 수 없다는 이유로 붙잡아두어도 될까. 둘의 신발
을 벗기고 싶어진다. 이상하게. 싸늘한 밤의 강변을 맨발
로 걸어가라. 그래도 그런 기분을 완전히 적을 수는 없다.
강 건너에 불을 질러본다. 일정한 속도, 일정한 보폭, 일

임유영

정한 온도로, 넓어지세요. 옮겨지세요. 퍼지세요. 멀리멀리 가보세요.

손잡아. 그냥 한번 꽉 잡아봐.

보이지 않는다는 이유로 계속 보이지 않게 두어도 될까. 따뜻한 거 먹이고 싶다. 삼겹살에 묵은지 지글지글 구워서 쌈 싸주고 싶다. 그러나 두 사람은 외투에 냄새 배는 게 싫다며 사양하였고, 나는 마침내 손에 거절을 쥐고 다른 잠으로 사라질 수 있었다.

# 부드러운 마음

아버지 산에 들어가신다
튼튼한 등산화에
고어텍스 잠바 입으시고
허리춤에 잭나이프 차시고

아버지 산에 들어가신다
산에는 봄이 가고
산에는 여름이 오고
산에는 비가 아직이고

아버지 깊이깊이 들어가셨나

쉿, 기다려봐

물가에 도착하셨대
계곡에 널린 그 바위 좋다 하시네
바위에 앉아 신발 벗고 양말 벗고

임유영

물에 발도 담가보시네

아이고, 거 시원하시겠습니다!

아직 좀 찹니다만
여기가 참 좋습니다

산에 오면 정말 좋아
공기도 좋고
이 산 다음엔 어느 산을 타볼까

산에서 내려가면
돌아갈 집이 있으니 얼마나 좋아

여름 산에 주렁주렁 열린 과실들
앵두, 자두, 오디
껍질 깎지 않고 먹는 것들
술처럼 농익은 이쁜 열매들

허리에 매달린 잭나이프
조용히 녹슬어가네

나도 나이가 들어보니 알게 된 것이 있어

겨울밤 들이켜는 찬 소주의 맛과
아무리 부수어도 아침이면 도로 붙는
내 가정家庭의 신비

해마다 겨울이면 아버지께 졸랐지,
눈 쌓인 산에 나도 데려가달라고
처음엔 진심이었는데
나중엔 엄마가 조르라고 시킨 거였어

임유영

# 굴은 바다의 우유


　겨울이 제철인 굴은 날것으로 먹어도 좋다, 레몬즙을
몇 방울 떨어뜨리거나 매운 양념을 곁들여도 맛있다, 미
국에는 굴 요리를 파는 해안가 식당들이 있고 거기에선
굴을 위스키와 같이 먹는다


　우리는 알아, 알이 통통한 생굴을
　포크만 가지고 껍데기와 분리하는 요령


　우리가 알고 먹는다 희고 둥근 접시에 가득 담긴 굴
　겨울 특선 메뉴! 이렇게 맛있는 굴을


　어떤 가게에서는 굴 코스를 판대
　거기 가면 생굴도 있고 굴찜이랑 굴전도 굴튀김도 있고
　그것까지 다 먹고도 모자랄까 봐 굴국밥을 준다네


　지난겨울에 생굴을 먹고 탈이 난 애도 있고
　굴이라면 원래 냄새도 못 맡는 애도 있어서

먹을 줄 아는 애들만 후룩후룩 굴을 빨아 먹는 밤

굴 못 먹는 애들은 옆에서 그냥 웃고 있다
걱정은 되지만 다들 참 잘 먹으니까

문이 열릴 때마다 찬바람이
친구와 친구의 친구와 친구의 개도 같이 들어오는
자꾸자꾸 뭔가 오는 밤

그런데 이러다 차가 끊기면 어떡해?
어떡하긴 먹고 죽자

그때 그런 적 있잖아, 우리 쫓아온 남자
자기 차에 타라고 같이 가자고

그래! 칼 들고 있었으면서!
더 주세요, 우리 굴 잘 먹어요

더 먹어요, 정말 잘 먹는다
참 보기 좋아요

임유영

그때 나도 그 새끼 죽인다고 죽여버린다고 죽여버릴 거
라고 소리 질렀는데
집에 가서 자려고 이불 덮고 누우니까 생각나더라고
진짜 죽을 뻔한 거

굴은 바다의 우유라니까,
껍데기 무덤을 쌓고 쌓으며

왜, 나 좀 취해서 가다 뻗은 날
오렌지마트 앞에 멈춘 흰색 아반떼
덩치가 이만한 아저씨가 내려서 말하더라, 괜찮으세요?
머리 좀 굴리다 내가 그랬지
미국에서 왔어요, I'm sorry, I can't speak Korean
걔가 뭐라는지 알아?
경찰에 신고하겠대,
어머 저 사람 돌았나 봐, 벌떡 일어나 도망갔어

따뜻하고 배부르고 다 좋은데
겨울밤에 굴을 먹으면 다음 날 눈이 온다

정말 그렇게도 된다

굴 껍데기 위에 내려앉는 눈송이가 몇 개

임유영

# 얼굴들

히터의 오작동으로 객실 안이 후덥지근하지만 병病은 겉옷과 모자를 벗지 않는다. 베이지색 얇은 봄 겉옷의 벨트는 허리에 단단히 매듭지어졌고, 챙이 깊은 항아리 모양의 옅은 하늘색 모자도 단호하게 병의 머리를 감싸고 있다. 우리는 일찌감치 점퍼와 스웨터를 벗어 던지고 티셔츠 바람이다. 이쪽에서 단추를 풀고 소매를 걷고 수건을 꺼내 땀을 닦는 둥 수선을 피우는 와중에도 병은 처음 열차에 탔던 그 모습대로 가만히 앉아 있을 뿐이다. 병은 몇 시간째 빳빳하게 허리를 펴고 앉아 열리지 않는 차창 밖에 시선을 두고 있다. 그런 병의 태도 때문에 객실의 공기가 더욱 무겁게 느껴진다. 나는 신문을 작게 접어 부채질을 하면서 병의 발을 훔쳐본다. 손으로 얼굴을 감싸고 혼잣말을 중얼거리면서는 손가락 사이로 병의 옆얼굴을 훔쳐본다. 고개를 젖히고 한숨을 쉬면서 병의 모자를 훔쳐본다. 물병 뚜껑을 찾는 척하면서 병의 가냘프고 창백한 두 손이 겹쳐 있는 모습을 훔쳐본다. 나는 너에게 병이 이자벨 위페르처럼 생겼다고 속삭인다. 보다시피, 병의 얼굴은 희고 병의 머리는 붉고 병의 어깨는 좁고 약간 굽었고 병은 깡마르고 키가 작고 병의 눈과 눈썹과 코는 날카롭고 병의 입술은 충분하고 병의 납작한 신발은 발에 꼭 맞아서 엄지발가락 부분이 약간 늘어나 튀어나와 있다. 병이 차고 있는 손목시계는 견고한 화이트 세라믹과 스틸, 브릴리언트컷 다이아몬드 세팅 플랜지와 브레이슬릿이 돋보이는 샤넬 제품. 그리고 저 수수한 모자가 증명한다. 병은 이자벨 위페르가 분명하다. 병의 얼굴에 있는 얼룩은 발진도 수포도 궤양도 아닌 주근깨와 약간의 기미일 뿐. 병에게는 물도 필요하지 않을 것이다. 병은 완벽하고 이 객실은 완벽하다. 병은 꼿꼿하고 완고하고, 이자벨 위페르의 밀랍상과 똑같이 생겼다. 그렇다, 그 영화에 나온 바로 그 이자벨 위페르의 모습과 같다. 실제의 병은 결코 야단법석 떠는 법이 없다. 병은 모든 요소를 충분히 가졌으며 특히 시간은 무한히 갖고 있다. 그러니 사람이 고통을 느끼는 것이 합당하다.

임유영

# 유형성숙

나는 바다 앞에서 바다를 본다. 바다는 나와 아무 상관 없는 바다. 이 바다는 내가 모르는 바다. 낯선 바다. 인간을 모르는 바다. 미생물이 살지 않는 바다. 산호가 살지 않는 바다. 해조류가 없는 바다. 오징어, 해파리, 가오리, 상어, 고래, 새우 없는 바다. 짜지도 않은 바다. 그러나 호수는 아닌 바다. 반드시 바다. 모래 없는 바다, 뗏목 없는 바다, 낭만 없는 바다, 수도사가 없는 바다, 숭고 없는 바다. 너는 바다에 가고 싶지, 너와 상관없는 곳에 가고 싶지, 네가 전혀 모르는. *타이탄!* 아무것도 하지 않는 바다. *엔셀라두스!* 아무 일도 일으키지 않는 바다. *유로파!* 너는 인간의 손길이 닿은 적 없는 곳의 유일한 생명체로서 그 앞에 서서. *미마스!* 바다를 본다. 너는 그곳의 일부가 되기를 원한다. 앓다 죽지 않길. 다쳐 죽지 않길. 너는 고통 없이 고통 없음의 일부가 되고 싶다. 너는 지구보다 늙어서도 순순히 죽고 싶지 않지. 너는 부패 없이 분해되길 원할 뿐인데. 너는 원하는데. 네가 모르는 바다의 일부가 되기를. 나는 바다 앞에서 너를 향해 외치네. 너를 돌아오게 하려고. 듣게 하려고. 네가 들어오게 하려고. 나는 보는데. 너는 뒤돌아보지 않고. 한때 젊은 당신은 결코 머뭇거리지 않고. 돌아보지 않고 당당하게 걸어가네.

임유영

임지은

2015년 문학과사회 신인문학상을 통해 작품 활동을 시작했다.
시집 『무구함과 소보로』 『때때로 캥거루』가 있다.

# 언어 순화

사람들이 하는 말을 기록하기로 했다

할머니는 욕을 밥 먹듯이 했다
하루에 한 끼만 드셔야 할 듯

아빠는 믿는다,로 모든 대화가 가능했다
밥은? 믿는다
학교는? 믿는다
나는 아직까지 믿는 종교가 없는데

함께 방을 쓰는 언니는
무슨 말을 해도 방이 생기지 않아서
성격이 생겼다

유치원생인 조카는 똥을 똥이라 했는데
그게 나쁜 말인지 아닌지 알 수 없었다

애인에게 이럴 거면 헤어져,가 튀어나오려는 걸
이러지 말자고 고쳐 말했다

제기랄 대신 오 예를 사랑했다

한밤중의 와이파이는 지지직거리고
냉장고에선 간헐적으로 웅웅 소리가 났다

궁금한 것이 있어 컴퓨터 앞에 앉았다
404 not found[*]
404 not found

그건 기계가 하는 나쁜 말이었다

잘못된 길에 들어서도
새로운 경로를 제시하는 내비게이션처럼
조금 돌려 말할 줄 알았을 뿐

어제의 나쁜 말은 오늘의 나쁜 말이 되었다

* "페이지를 찾을 수 없습니다".

임지은

# 러시아 형

러시아에서 형이 왔다
반복을 싫어하는 형은
나름 노력하지 않는 삶을 살아왔다

형은 아직도 컵에 물을 따르다 흘린다
머리를 감다 윗옷을 버린다
형은 말한다, 반복은 많은 것을 앗아간다고
그중엔 신비도 있다고

노래는 하면 할수록 잘 부르게 되는데
살면 살수록 잘 살아지지 않습니다

당연합니다
잘되는 게 이상한 겁니다

형은 조언한다, 인생에 대해 새로운 관점을 가져보라고
실패는 반복할 수 있지만 늘 새롭다고

그래서 신비롭다고

나는 백 년 전에 죽은 사람의 책도 읽어보고
믿음도 없이 성당에 가보고
버스를 타고 모르는 곳에 내려 여기가 어디인지 잃어버
리고 말았지만

  □ 세상의 모든 파프리카 먹어보기
  □ 오후 4시에는 행복하기
  □ 천사의 재료가 뼈라는 것을 기억하기

형의 수첩에 적힌 목록은
지워질 수도 있고 지켜지지 않을 수도 있지만

적어보는 행위에 의미가 있고
적는 것에 실패해도 좋다

형, 아무래도 전 잘못 태어난 것 같아요

형은 거듭 말한다, 잘못은 신비롭다고
세상의 많은 것은 잘못 때문에 태어났고

임지은

잘못은 반복하지 않는다는 증거이며
잘못은 블라블라……

아, 알겠어요
그만해요, 형

형은 술에 취했다
드르렁드르렁 코를 곤다
형은 러시아에서 왔다
형식주의자다

# 눕기의 왕

뒤통수가 사라진다 누워 있었기 때문에
떠다니는 하품을 주워 먹는다 누워 있었기 때문에
아침이 돼서야 이를 닦는다
누워 있었기 때문에……

먹지 않고 걷지 않는다
일어나고 싶은 마음이 늦겨울 봄볕처럼
아주 잠시 생겼다
사라진다

뭐든 중간이라도 가려면 가만히 있어야 하고
가만히 있기엔 누워 있는 것이 제격이니까
다른 걸 하려면 할 수도 있는데

안 하는 거다
왜? 누워 있으려고

임지은

그리하여 나는 시도 때도 없이 어디든
누워 있을 수 있게 된다

밥상, 난간, 동전뿐인 지갑
젖은 하늘이 마르고 있는 빨랫줄
지금 몇 시야? 같은
질문이나
겹쳐 포개진 다른 사람의 그림자까지

졸음을 데리고 와 같이 눕는다

졸음은 죽음이 아닌데 코가 비슷하고
같은 베개를 나눠 쓰고
음음…… 허밍을 하고

이 방은 혼자 눕기엔 넓으니까
너무 건조해서 코피가 흐르니까
누구도 마침표를 찍으려고 하지 않으니까

이 시는 지금 누워 있고
도무지 일어날 생각을 안 한다

# 경계 문지르기

경계는 좋은 거야?
갈라지는 길에서 아이는 묻습니다
그 어려운 단어를 어떻게 알았는지 알 수 없지만

경계는 아이와 나를 멀어지게 합니다

*

여기는 차도입니다
전에는 인도였죠

사람들이 걷는 것을 즐겼을 때
걷는 일에서 인생의 리듬을 배웠을 때

이젠 길에서 농담을 줍는 사람은 없고
무단횡단을 하는 사람이 있습니다

임지은

그거참 아주 위험한 농담이군요

도로에는 울타리가 세워지고
신호등은 줄어들게 숫자를 셉니다

행여나 사람들이 죽음을 건너지 않도록

*

운동장에 물 주전자로 선을 그리고
아이들이 피구를 합니다

공을 맞은 아이는 선 밖으로 나오고
공을 피한 아이는 살아남습니다

피구는 회피를 배우는 운동입니다

선이 증발해버리자
아이들은 흩어지지도 모이지도 않습니다

놀이는 중단됩니다

*

경계는 슬픈 거지요?

잘못 그은 선을 지우개로 문지르며
아이는 묻습니다

괜찮아, 약간의 똥을 남길 뿐
깨끗하게 지워질 테니까

나는 대답했습니다

# 반납

책을 잘못 반납한 것 같았다
도서관에 전화를 걸었다
사서가 물었다

책 제목이 뭐죠?
도서관이요
네, 여긴 도서관이 맞아요
아니요 책 제목이요 책 제목이 도서관이에요

사서는 잠깐 기다리라고 했다
다행히 도서관이 반납함에 있었다며
얼마나 많은 것이 도서관에 반납되는지 아느냐고 물었다

글쎄요,
나는 집에 매일 나를 반납하긴 했다
얼마간 음악에게 귀를
빌려주기도 했다

일기장과 필통, 커터 칼과 비닐봉지
껌 종이와 연애편지 정도?

사서는 어쩸 한 사람의
인생이 통째로 반납되어 있었다고 했다

이건 도무지 감당되지 않는 것이라 찾아가라고 전화를
했더니
그런 사람은 어디에도 없더라는 것이다

나는 그 사람의 이름을 물어봤다

도서관이요
네? 도서관이요?
그 사람 이름이 도서관이라고요

도서관이란 이름을 가진 사람의 인생은
대체 몇 개의 책으로
이뤄져 있을지 가늠이 되질 않고

임지은

얇아도 무거워서 들고 다니진 못할 것이다
반납함에 울리는 쿵
소리를 뒤로하고

모레쯤 도서관을 찾으러 가겠다고 하자
사서는 언제든지 좋다고 했다

그러니까 이것은 지난달의 일이고
나는 아직 도서관에 가지 않았다

언젠가 왜 도서관을 찾으러 오지 않느냐고
연락이 온다면 그런 사람은 여기에
살지 않는다고 해야 할 것이다

# 뺑뺑이 맑음

사과를 돌려 깎으면
긴 사과 껍질이 생기니까
껍질이 생기라고 일기장에 돌려 말했다

싫다는 누구나 그런 부분이 하나쯤은 있다, 로
좋다는 그래보는 것도 나쁘지 않다, 로

돌려 말하는 것이 습관이 되면
실생활에도 활용할 수 있었다

(ㄱ) 죽고 싶어요? → 목숨이 두 개예요?

(ㄴ) 얼굴이 퉁퉁 부었다: 오늘 기분이 참 생선 같고 그
러네요

(ㄷ) 바빠 죽겠는데 늦장 부린다면 쓸데없이 여유가 넘
치네……라고 중얼거려보세요……

사과는 빨간 게 맛도 좋고

임지은

몸에도 좋지만
돌려 말하기는 꼭 그렇지 않아서
다양한 방법을 사용할 수 있다

머리 쓰다듬기, 부재중 전화 남기기, 손톱 물어뜯기

앞면과 옆면을 동시에 표현하는 피카소나
나이프로 그림을 그린 후 참 쉽죠?
라고 말하는 밥 아저씨처럼
돌려 말하는 동안
우리는 화가의 정체성을 지닌다

혹은 과자를 흉내 내기도 한다

짭짤한 척, 달콤한 척, 바삭한 척
질소 많은데 질 수 없는 척

말에도 해가 뜨고 소나기가 내리고
구름이 잔뜩 낀다

오후에는 우산을 챙기라고

오늘은 야외 활동을 자제하라고
기상청 사람들은 날씨를 돌려 말하지만

무엇이든 끝내고 싶을 땐
끝!이라고 해야 한다

끝은 돌려 말할 필요가 없기 때문이다

임지은

조여우

2019년 중앙신인문학상을 통해 작품 활동을 시작했다.

# 영원한 미소

너는 점령기의 겨울
석탄을 실은 열차가 철교를 건너는 정오다

혹은 너는 하얀 발자국
두루마기를 입은 사람들이 언 강물 위를 걸어간다

너에게는 이제
생명의 말씀과 양 떼와 영원한 미소가 그려진 팸플릿,
함께 건네는 누룽지 맛 사탕

너는 붉은 벽돌의 빌라
지하 교회당으로 다시는 돌아가지 않을 것이라 다짐하
지만

너 없이도
너를 위한 시가 써지듯이 너는

너는 구내식당
거기 낮고 좁은 오전이 내내 서 있었다

너에게는 그릇이 많은 찬장
너는 그중에 갖고 싶은 것이 하나 있었다

그러나 너는 남의 집 창문에서 뻗치는 고요한 불빛
이십 세기의 눈이 그치지 않는 이 거룩한 밤에

너 없이도
너는 여전히 노란 조명이 잘 어울린다

조용우

# 간밤에 꾼 꿈

나는
고국의 가을 하늘 아래
동생들과 밤을 주우러 다녔다

막냇동생이 남동생의 손을 잡고
노래를 부른다 오빼미 무얼 보고 우느냐 살진이 살진이
무얼 먹어 사느냐 무얼 먹어 사느냐 그럼 남동생은 이런
노래를 부른다
밭을 태워 살아진단다 재를 놓아 살아진단다

노래를 부르면 안 된다 조용히 해라
말해야 하는데 어느 사이 서리가 녹아
노랫소리가

부서지고
진흙에

빠져
폭음 노란

폭음

막냇동생을 업고 남동생의 손목을 잡고
뒷산의 겨울을 지나
            간밤의 꿈속을 지나

나는
가을 하늘 아래

동생들과 따뜻한 콩죽을 나눠 먹은
기억

간밤에
동생들은 빈 소쿠리를 들고
노래하며
집으로 돌아간다

올빼미 올빼미

조용우

따라가느냐 밤을 따라갔느냐

살찐이 살찐이

찾아오느니라 우릴 찾아오느니라


노래를 부른다 가을 하늘 아래

함께 노래를 부른다

# 사천

마을 사람 중 하나가 그 집 용달차를 빌려 갔다

보름만 좀 쓰겠다던 사람은 돌아오지 않고 봄이 왔다
세금 징수원이 초록색 대문을 두드렸다

이 집에는 이제 차가 없어요 세금 징수원은 한동안 마
당에 서 있다 갔다

축사의 비어 있음 위로 눈이 덮였다 작은애는 작은애대
로 큰애는 큰애대로 안됐어 하는 말을 작은아이가 들었다

작은아이 꿈에 좋은 새가 모래 위를 날았다 날다 꺼졌
다 좋은 새들은 던져졌다 폐지처럼 쌓여갔다

큰아이가 그것을 모아 마당에서 태웠다 생시에 모래 위
에 그 하얀 재 위에

조용우

비가 내렸다 축축했다 물이 내로 흘렀다 더럽다

더럽다 아이는 생각했다 봄이 되면 세금 징수원이 돌아
왔다 감색 파카가 못에 걸려 있었다 아직도

무거웠다 봄이 되어도 차 이 집에 없어요 아무도 없어요
그래도

용달차는 모래를 싣고 국도를 계속 갔다

세금 징수원은 나이 들어 그 집 초록색 대문을 모르고
왔다 갈 때까지 아이들이 돌아올 때까지 좋은 새들이

폐지처럼 날았다 모래를 계속 갔다 생시를 지나갔다 가
벼웠다

# 지나가는 마음[*]

　　지나가는 마음은 등이 높아 한번 뒤집어지면 제 힘으로
는 다시 뒤집을 수 없고
　　그런 마음 그만두고 쇠족제비가 6차선을 건너
　　펜스 아래로 길게
　　없어진다
　　그래도 이런 도심에서?
　　고라니, 멧돼지가 때때로 무덤 너머로 머리를 내밀었다
황급히 돌아가고
　　쑥은 다시 무덤가에
　　도로변에 무리지어 퍼져간다
　　지나가던 노인들이
　　저마다 비닐봉지를 들고
　　무릎을 꿇은 채로 쑥을 뜯으며
　　띄엄띄엄 닳아 사라지는
　　새삼스레 따사로운 가을 햇빛 아래
　　덜 시든 초록과
　　심한 초록 사이로 마음은

　　　　　　　　　　　　　　조용우

사나흘 더 바르게 말라가며

화요일 밤에 누가 망치로 독을 깨고

쓸어 담는

소리

낮에는 물까치 소리

서로의 새끼에게 먹이를 물어다 주어

결국에 함께 살려내는 무리가 있어

앞이 검고

끝은 길고 푸른 새가 있어

그것들을 다

다시 적지는 못하겠어서 우리는 함께

마음을 밀어 제자리에 놓아준다

마음은 천천히 움직이기 시작한다 다시

우리가 지나간다 지나가고 있다


*   오즈 야스지로의 영화 「지나가는 마음出来ごころ」(1933)에서.

# 유원지

좋은 일이 있어서 그는 사람들과 함께 유원지에 갔다 생각과는 다르게 둥글지 않은 저수지를 봤다 육칠 년 전의 가요가 들려오고 돼지고기 타는 냄새 작은 아이들의 작은 목마와 일찍 취한 아저씨들 그런 것들을 보면서 좋은 일들이 많구나 그는 생각했다 몇 해 전의 좋은 일들과 오래전에 다녀온 호수를 떠올렸다 기억이 잘 나지 않았다 사람들은 단것을 끊임없이 마시고 씹어 넘기면서 좋은 일이 있어서 정말 기쁘다 말했다 말하는 사람들의 눈을 마주치면서 그는 눈빛을 봤다 어째서 눈빛은 마음을 비추는 그런 것 눈빛도 빛이라니 마음이라니 물은 오후 4시의 빛으로 잘게 부서져 쌓여가고 내 마음은 호수요, 같이 온 사람 중 하나가 말했다 다른 하나는 눈 감을밖에,라고 답했고…… 사람들은 이제 자리를 옮겨야 할 것 같다고 눈이 부셔서 볼 수가 없다고 말하면서 이마에 손을 대고 평평한 물을 쳐다본다 그러지 않을 수 없다는 듯이 본다 일그러지면서 안으로 모여드는 빛 눈을 감으면 불이 꺼진 호수 같은 것으로 어느덧 마음은 떠 있고 깜빡할 사이 모르

조용우

는 아이가 곁에 서서 사람들을 보고 있다 이제 그가 손을
흔들면 모르는 아이는 손을 흔들 것이다 그의 눈을 잠깐
마주치면서

# 어려운 시

벌써부터 인생이 시보다 쉽게 써질 때 나는

가족 이야기를 적지 않지만 일요일 저녁 엄마가 내게
전화해 집에 가는 길인데 고양이가 죽어 있는 것 같다고
보도블록 턱에 그대로 있는 것 같다고 어떻게 하느냐고
물어올 때 죽은 동생들과 학살자와 수류탄을 잊지 않는
시를 나누어 읽고서 이 시가 제일 좋죠, 네 정말 좋았어
요, 대답할 때 계속 살아가야 한다는 듯이 껍질이 깊게 파
인 채로 더 깊숙이 자라나는 미루나무 그래 계속 쓰고 살
아가야 한다는 듯이 우리는 절망하고 절망해서 쉬울 때,
절망 다음은 희망이 올 차례 희망, 그것은 고체다 따뜻한
광채를 띠며 매끄럽고 무겁다 그것을 들고 천천히 걸어오
는 이에게 사람들이 다가간다 괜찮아요 혼자서 들 수 있
어요,라고 웃으며 말할 때 그것은 그의 손에서 미끄러져
땅에 떨어진다 아주 잘게 부서진다 알갱이가 곱고 어디에
도 스며들지 않는다 희망은, 늘 다시 실패하고 더 잘 실패
하고 다시, 다시, 육첩방은 남의 나라, 남의 나라에서 살
아남아 무단결근3일이상시고용해지됨//나는죽은사람의

조용우

이마에대고속삭였습니다/영하19도/깨진/고무통화장실//
내가돈주고너를데려왔다//박스테이프/새우꺾기; 저는 이
것으로 시로 쓸 수 없었습니다, 라고 시가 써질 때 이해가
넘쳐흐르고 있다 당신과 내 인생 바깥으로

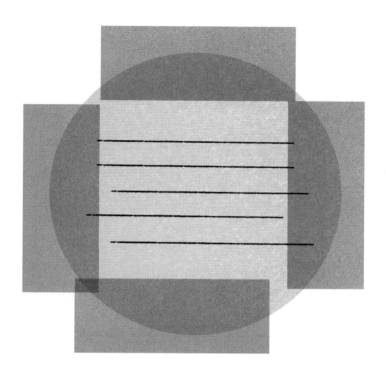

2부   사冬

# 블룸 이야기

시 ᄂ 이 이 ᄂ

블룸 이야기를 써야 한다.

말레이시아 여행에서 돌아온 날 새벽에 나는 휴대폰 메모장을 열어 이 문장 하나만을 남겨두고 깊은 잠에 빠져들었다. '블룸 이야기를 써야 한다.'

원래는 제법 전위적이고 열심히 만든 티가 나는, 어디부터 어디까지가 사실이고 거짓인지 알 수 없을 만한 글을 쓰려고 했었다. 그다음으로는 내가 인간 대 인간으로 사랑받지 못하는 이유에 대해 적어보려고 했고. 마지막엔 작품 또는 작가 또는 작가가 되려고 하는 사람들 전반에 관한 지금의 심경을 전하려 했다. 이런저런 시도와 포기를 거치는 와중에 나는 나에게 상처 입고 긴 시간을 누워 있게 되었다.

쓰는 일은 번번이 나를 상처 입히는 한편 좁은 꼭대기에 올려놓는다. 거기에 어떤 꽃과 벌레가 있는지 모르는 사람들이 날 올려다본다. 무엇이라도 된 것처럼 박수를 받을 수도 있겠지만 눈치껏 떠나야 한다. 그러지 않으면 조난당할 것이다. 아무도 돌아봐주지 않을 때 나는 나오는 법을 모르고 있을 것이다. 늦기 전에 빠져나와야 한다. 빠져나와서 다른 사람의 얼굴을 하고 사람들 속에 섞여야만 안전할 수 있다. 내 얼굴을 한 야생동물에게 물릴 수 없다.

내 이름은 세 개다. 이인, 예은, 블룸.

이인은 내가 정한 이름이고 예은은 남이 지어준 이름, 블룸은 그 둘 사이 어디쯤엔가 있는 이름이라고 설명하겠다.

침대에 누워 있는 동안 이인은 휴대폰 메모장을 열어 문어발 식으로 벌여놓은 초고를 정리한다. 어떤 문장은 공들여 짓게 되고 어떤 문장은 토하듯이 뱉게 된다. 실제로 변기에 뭔가를 토했을 때처럼 감정 없고 반사적인 눈물을 흘리기도 한다. 울면서 쓴 시는 왠지 건드리면 안 될 것 같아서 퇴고 작업도 아낀다. 이런 문장을 가지고 이인이 이인에 대해 솔직하게 몇 마디 털어놓으려고 치면 예은이 나타나 머리채를 뜯으면서 말린다. 이딴 얘기는 네 비공개 블로그에나 쓰라고.

예은은 이인이 수치스럽다. 심하게. 예은은 평생 이인 같은 사람들을 경멸해왔는데 그건 그녀가 이인 같은 사람들을 너무 긴 시간 아끼며 양해해주었기 때문이었다. 그들의 허위, 그들의 불가해함, 그들의 예민함과 우울함, 잘 닦인 문장으로 덮어놓은 미

신이인

성숙함 같은 것들을. 예은은 그것들이 하나도 멋지다고 생각하지 않았다. 예은의 피부로 느껴지는 그 모든 것들은 아주 옛날부터 한심하거나 음험했다. 그들을 설명할 수 있는 모든 언어로부터 정반대로 도망가고 싶었다고 예은은 말한다. 쓰는 사람이라는 사실에서까지도 도망가고 싶었다고.

"나는 시인이 되고 싶기도 하고 안 되고 싶기도 해."

7년 전 예은은 데이트하던 사람에게 처음으로 속마음을 내비친 적 있다. 상대는 철학과에 다니는 동갑의 학생이었고 그는 자신이 할 수 있는 최선의 대답을 내놓았다. 지금 너의 말에는 진릿값이 0이라고. 그날 이후 우리는 자연스럽게 멀어졌지만 그 친구가 나와 헤어지면서 역시 문학 한다는 사람은 예민하고 이해할 수 없고 미성숙하며 또라이 같다고 생각하지 않았기를 바랐다. (근데 왠지 그랬을 것 같다. 씨발.)

오늘날에 이르러 예은은 싫어해 마지않던 시인이 되어 별수 없이 이인과 몸을 나눠 쓰고 있다. 어딘가에서 이인의 흔적이라도 느껴지려 하면 발작하다시피 나타나 변명을 늘어놓으면서. 예은은 그냥 이인이 일상 전반에서 찍소리도 안 하고 쥐 죽은 듯이 살아가다가 가끔 글 쓰고 강의할 때나 모습을 비쳤으면 좋겠다고 생각한다.

그렇지만 사실, 이인은 쓰고 있을 뿐이고, 이인이 가진 것처럼 보이는 많은 문제는 전부 예은의 것이 맞다. 독실한 종교인인 부모는 언제나 예은을 위해 기도한다. 예은이 술을 안 먹고 밥을 잘 먹게 되기를, 더 이상 타투를 하지 않기를, 교회에 가서 신실하고 성실한 형제를 만나 하나님 안에서 가정을 이루길 바란다. 예은의 모난 부분이 세상에 부딪혀도 아프지 않게 둥글어지기를, 눈에 있는 나을 수 없는 병이 더 나빠지지 않기를 기도하고 또 기도한다.

그러나 블룸에게는 이런 일들이 그다지 문제가 되진 않는다. 아무도 블룸을 위해 기도하지 않는다. 블룸을 아는 친구들에게 블룸은 그저 블룸이고, 가끔 숙취나 아이돌 타령을 하는 지치고 괴상한 여자겠지, 아마도.

2021년 나는 이인이라는 이름으로 독자들에게 알려졌고 동시에 예은을 괴롭히던 회사에서 뛰쳐나왔다. 그렇지만 이인이 혼자서 나를 감당할 만큼의 경제활동을 할 수 있을 것이라고는 기대하지 않았다. 사실 돈 문제보다도 더 중요한 건 지금 내게 무엇이 필요한가였는데, 나는 그걸 모르지 않았다. 여태껏 그래왔듯이 문학적이라 일컬어지는 것들로부터 멀리 달아날 수 있는 세계가 있어야 했다. 이제까지와는 비교도 되지 않을 만큼 크고 안전한.

내가 선택한 건 어느 화장품 매장에서 세일즈 스태프로 있는

신이인

거였다. 쉬지 않고 말해야 하고 빈틈없이 친절해야 하며 툭 치면 쫠쫠쫠 나올 정도로 모든 제품 성분을 다 꿰고 있어야 하는 일이었다. 그곳에서는 이인도 예은도 아닌 새 이름이 필요했다. 먼저 일하고 있던 사람들이 후보로 나온 몇 개의 이름 중 블룸을 골라 내게 주었다.

블룸은 잘 웃는다. 블룸은 들어오는 사람들에게 주의를 기울인다. 사람들이 입은 옷, 들고 있는 가방, 신고 있는 신발을 칭찬한다. 그들이 무엇에 관심을 갖고 바라보는지 시선을 살핀다. 블룸은 사람들의 손을 씻겨준다. 향수를 뿌려주고 향기를 맡게 해준다. 특별히 구매를 유도하지는 않는데 어쩐지 사람들이 물건을 산다. 그들이 기쁘다면 블룸도 기분이 좋다.

블룸은 밥보다 맥도날드 버거를 자주 먹는다. 매장 친구들은 점심시간이 되면 "또 필레오피쉬 먹을 거죠?" 물어본다. 2층 침대에 몸을 구겨 넣고 쉬는 친구들의 생김새는 비슷비슷하면서도 전혀 닮지 않았다. 튀어나온 팔마다 타투가 있지만 모두 다른 디자인이고 각자 다른 가방을 들었지만 모두 프라이탁인 것처럼. 엠마, 소울, 체리스 같은 이름 무더기에 블룸을 끼워 넣는다고 어색할 건 없겠지만 그들이 하나로 묶이기엔 너무나 개별적인 삶을 살고 있는 것처럼. 나는 이 사람들의 한국어 이름을 알지만 모른다. 기억해내려고 애쓰지 않으면 떠올리기가 쉽지 않다. 그들한테도 내가 이인이거나 예은이거나 별 상관이 없을 거라고 생각하면 누가 뇌 한편을 쓸어내리는 것처럼 편안해진다.

블룸은 매장 플레이리스트에 좋아하는 노래를 몰래 추가한다. 가끔 들켜서 실랑이를 할 때도 있다. 마감 시간이 되면 「화이트: 저주의 멜로디」를 틀어놓고 춤을 춘다. 블룸의 친구들 외에 누구에게도 보여주지 않을 우스꽝스러운 춤.


블룸으로 사는 건 만족스럽다. 내가 이런 삶을 만족스러워할 것이라고는 이전에 알지 못했다. 어쩌면 세일즈에 적성이 있는지도 모른다고 생각한다. 정확히 말하자면 꼭 세일즈가 아니더라도 '시와 멀리 떨어져 있는 일'이라면 무엇이든 잘해낼지도 모른다고. 그건 활시위를 팽팽히 당길 때의 확신과도 같았다. 나를 반대로 끌어가려는 힘이 결국은 나를 강하게 만드는 것을 알고 있었다. 결국 나는 있기 싫었던 자리에 더 잘 있게 되겠지. 그러기 위해서 필사적으로 등 돌리고 도망다녔던 건지도 모르지.


말레이시아에서 나는 자주 두려웠다. 병원균을 가진 모기에게 물리진 않을까. 끝내 어떤 택시도 날 데리러 오지 않는 건 아닐까. 먼 곳까지 갔다가 다시 돌아갈 수 없는 일이 생기면 어떻게

신이인

해야 할까. 이상하게 불안한 날들이 계속되었다. 한국에 도착해서 내 방에 발을 디디고 나서는 한동안 집 밖으로 나가지 않았다.

여기에는 이인이라는 이름으로 내가 책임지며 살아야 할 낯선 세계가 분명히 있다. 그리고……

쓴다는 일이 외롭고 끔찍해지면 멀리 떨어져 있는 다른 세계를 떠올리려고 애썼다. 삼성역 별마당도서관 옆, 이인은 안 되고 블룸만 들어갈 수 있는 작고 향기로운 가게를. 거기에서 웃긴 노래와 몸짓을 두르고 사는 여자를, 그 여자가 나와 같은 얼굴을 달고 같은 목소리로 말하고 있음을 눈을 크게 뜨고 본다. 확인한다. 그러면 내가 무섭지 않다.

안전하다는 느낌이 들었다. 건강하구나, 로부터 건강할 수 있었다. 오늘 이인 때문에 울게 되더라도 내일 퉁퉁 부은 눈으로 놀림을 받을 블룸을 상상하면 왠지 조금 더 가볼 수 있을 것 같았다. 가봐도 괜찮을 것 같았다.

# 생활

안태운

　　나는 생활을 하는데, 지금은 정기적으로 출근하지는 않고, 한 번씩 프리랜서로 외주 편집 일을 하고, 거의 매일 운동을 하러 헬스장에 가고(내 몸의 한계를 모른다! 무리하지 않고 조금씩만 하니까), 오가는 길에 불광천의 잉어들을 여러 번 살펴보고, 어쩌다 기억력이 좋은 친구들을 만나며 오랫동안 산책도 하고, 2주마다 그림 모임에서 그림을 그리고(실력이 안 는다), 곧 사주를 볼 거라고 건강검진을 할 거라고 생각하고 또 잊어버리고(반복), 연기 학원에 다녀볼까 한 번씩 다짐만 하고, 친구 따라 춤추러 가보기도 하고(술 취해 춤추는 내 몸의 움직임과 친구들의 몸짓 웃김, 웃음, 자주 바깥공기 쐬러 나가며 숲에 가고 싶다고 생각하는 찰나 친구한테 붙들려 들어오고), 가끔 마감을 하고, 소개팅을 해보기도 하고(헛소리 후회), 음식을 만들고, 자주 책을 읽고, 전시를 보러 다니고, 학기 중이라 수업을 듣고 또 하고…… 그렇게 생활을 하는데, 그럼에도 나는 나를 장면 생활자─기록자, 라고 생각하며 살아갈 때 하루하루를 조금 기대하는 것 같다.

안태운

아래는 장면 모음 단상.

1

영화 「베를린 천사의 시」(1987)를 어젯밤 자기 전에 다시 보았고 중간에 잠들었고 깨자마자 마저 보았다. 천사가 인간이 된다는 것. 인간이 되기 전 천사는 이미 그 삶을 다 알았는데…… 하지만 속해 있지는 않았고 느낄 수도 없었으므로 직접 해볼 수 있길 바랐고 그렇게 인간이 될 수 있었다. 하나하나를 새로워한다. 감각이 새로 태어나는 것, 그리하므로 충만해지는. 그 영화를 하필 어제와 오늘 사이 이어서 보았고, 그러니까 천사에서 인간 되기, 어제에서 오늘 혹은 오늘에서 내일 되기, 매일매일 다시 태어나기. 투명했다가 등장하기라는 감각. 일일시호일, 하며 느낄 것.

2

삼촌들에게 오랜만에 전화를 해보았다. 유년 시절은 어땠는지, 운선, 계선, 학선, 철우, 붕선 형제들 사이 오래 기억나는 장면은 무엇인지. 어린 삼촌이 고모가 교복을 입고 다녔을 때 어떤 원단을 구해준 적이 있었는데 그것을 고모가 내내 잘 입고 다녔다는, 삼촌들과 아빠가 복숭아 서리를 했다는, 증조할머니가 돌아가셨을 때 어린 삼촌은 뛰어가는 누나인 고모한테 업힌 채였다는, 삼촌들 사이에는 어릴 때 병으로 떠난, 자라나지 못한 또 한 명의 어린 고모가 있었다는 이야기. 내가 볼 수 없었던 어린 고모가 있었다는 걸 처음 알았다. 어릴 때만 있었던 고모. 그 모습은 어땠을까. 산 사람이 기억하며 잊게 된 얼굴. 어린 얼굴이 바라보았을 것들. 기억들. 어린 고모를 보고 싶다는 생각이 들었어. 기억하고 있을 것.


3


운동을 하러 집을 나서며 비탈을 내려간다. 할머니 둘이 서로 헤어지는 장면. 나는 그 둘 사이에서 내려가고 있고, 한 할머니는 비탈을 올라가고, 다른 할머니는 비탈을 내려가고, 서로 멀어지면서도 계속 대화를 주고받는, 거기 살아? 거기야? 큰 소리로 이어나가는, 그렇게 내 오른쪽과 왼쪽 귀로 들려오는 소리들. 운동을 한 후 집으로 오면서는 할머니들의 장면을 떠올리며, 혹

안태운

시나 어떤 사람들은 찰나에 담지 못한, 자신이 기억하는 좋았던 장면들을 다시 다만 재현하려는 요량으로 영화를 찍는 건 아닐까, 촬영할 때 인물들을 거기 두어서 과거의 사람들을 그대로 혹은 조금 다르게 따라 하게 하며, 막연히 그 두 장면의 차이를 바라보고 싶은 거라고, 생각하네.

4

엄마와 아빠가 주고받았던 편지를 읽게 되었다. 내가 네 살 무렵, 아빠가 리비아 대수로 공사에 파견되어 가족과 떨어져 지낼 때. 대략 2년 동안의 시절이 드문드문 기록되어 있었는데, 아빠가 보낸 편지는 후일에 돌아와서 좀 창피하셨던지 다 불태워버렸다고 했다. 남아 있는 건 엄마의 편지. 여러 내용이 오묘하다. 사랑과 그리움만으로 가득하지는 않았던 편지였고, 그러하므로 다만 오묘하군요, 지금의 나는 생각하게 된다. 어린 나와 동생에 대한 장면이 여럿 남아 있었고. 그중 하나. "편지 쓸 여유도 없이 시골집에 갔다 왔어요. 시골에 앵두가 익었다고 외할머니가 전화로 태운이에게 그러더군요. 전화 받고 외할머니 댁에 앵두 따 먹으러 가자고 어찌나 조르던지 그 등쌀에 못 이겨 갔다가 며칠 만

에 왔답니다." 그 앵두 맛은 좋았을까. 그 며칠, 어린 나의 장면
은 어땠을까.

5

밥솥이 고장났었는데, 친구에게 말하자, 사용하지 않는 밥솥
이 있다며 선물로 주었다. 친구는 밥솥을 주면서 그 안에 무언가
를 담아두었는데. 뜻밖의 귀여운 이미지.

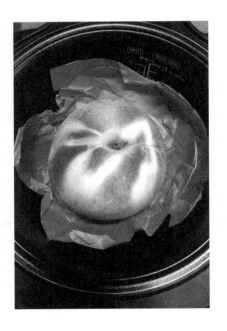

안태운

　"'시인은 주변 상황과 환경이 자신을 쓰는 대로 쓴다.' '나는…… 자신을 미적 가치가 있는 예술 대상으로 이용해야 한다고 생각한다.' 이 글을 쓴 다이앤 글랜시는 대평원의 여성, 체로키족과 가난한 백인의 '아칸소 뒷산 문화' 출신이다."* 시가 자연스레 저절로 상황과 환경이 이끄는 대로 써질 수 있다는, '내'가 '나'를 예술 대상으로 바라본다는 말은 어떤 다짐 같기도 하다. 한 인간에게 자신을 예술가라고 인식하며 살아간다는 것은 분명 기분 좋은 일일 것 같다. 그리고 그 생각은 한 인간을 조금은 더 자유롭게 하며, 아름다움과 윤리를 추구하게끔 하는 마음가짐일 수 있을 것 같은데, 왜냐하면 쓰는 언어를 감당하며 책임져야 한다는 생각이 드문드문 드니까(적어도 창피하게 살지는 않겠다는). 생활을 하다가도, 얼굴을 빼꼼 내밀며 나는 시를 쓰기도 하는데요? 그런 마음가짐이 사람들 사이에서 무언가를 이롭게 할 수 있을지도 모른다고 생각한다. 그럴 때 시가 무엇을 할 수 있을까, 그러니까 시를 읽고 쓰고 나누는 일이. 시는 예술 활동 중 하고 싶다

---

\*　에이드리언 리치, 『우리 죽은 자들이 깨어날 때』, 이주혜 옮김, 바다출판사, 2020, p. 400.

고 하여 바로 해볼 수 있는 것이라고 생각한다(소설은 길고, 음악과 미술과 영상은 숙련을 요하니까?). 그게 시가 잘할 수 있는 효용. 시를 읽고 쓸 수 있어서, 그 누구라도 예술가라는 마음에 대해서. 예술가라는 조그마한 마음가짐이 사람에게 선택의 기로에서 적어도 덜 해한 것을 추구하게 할지도 모른다고.

7

극장에 있었다. 스탠 브래키지와 카말 알자파리의 영화를 연달아 보았고. 스탠 브래키지의 영화는 렌즈의 표면을 긁어서 나타난 형태 표현으로 이루어진 장면들, 빠른 리듬 속에서 선線들이 휘몰아치듯 각양각색으로 변화했고, 그 이후에는 제설차와 눈과 여러 이미지가 등장했고, 카말 알자파리의 카메라는 공간의 풍경을 내내 따라갔는데, 나는 나중에야 그곳이 유년의 공간이라는 걸 알아챘다. 엔딩 크레디트로 내려오는 추억에 대한 긴 글을 읽으며. 그날 친구와 극장에 있었는데, 그 영화들을 볼 때 나는 졸며 고개를 앞뒤로 끄덕이고 있었던 것 같은데, 극장을 나선 후 친구는 내가 조느라 못 본 사이사이의 장면들을 말해주었다. 그 중 닭이 나왔던 장면에서는 나를 깨우고 싶었다고.

안태운

# 환대를 기억해두려는 마음                    °ᆫ°-ᆫᄼᅥ°

또 다른 원고를 마감하지 못한 채로 이 글을 씁니다. 요즈음의 저는 산문 쓰기의 어려움을 뼈저리게 느끼며, 그리 많지 않은 원고 숙제들 앞에서 우선순위를 자주 잃기도 하면서 분주하게 지냅니다. 저는 무엇이든 금방 흥미를 느끼고 배우는 편인데요. 글쓰기는 제게 너무나 오래 걸려 배워가야 할 일인 듯합니다. 어쩌면 평생 스스로 글을 편히 쓰지 못하리라는 두려운 생각도 듭니다.

다행히, 이번에는 제 일상을 쓰면 되겠다고 마음먹고 편히 손가락을 움직여봅니다. 언제나 그렇듯이 고양이 랭보(올 9월에 만여섯 살이 되었습니다. 이제 일곱 살로 향하네요)가 지금 제 곁에 있고요. 방금은 자다가 깨어나 창가로 갔네요. 여름밤 어두움을 뚫고 고양이가 보는 것은 무엇일까 궁금합니다. 그저 창밖 보는 일로 고양이의 무료함이 조금이라도 달래졌기를 잠시 바라고 말 뿐이지만요.

저는 최근 대학원을 수료했고, 그간의 우울함의 원인을 정리할 수 있는 회복기를 가졌으며, 새로운 꿈을 꾸기도 하는 나름대로 진일보한 시간을 보냈습니다. 첫 시집을 작년에 출간했는데,

후회가 조금 남기는 하지만 전반적으로 제게 꼭 필요했던 시집 작업을 잘 마쳐서 이후로 내내 시집을 생각하면 기분이 좋습니다. 저를 잘 아는 선배가 시집을 보고, 거짓말이 없는 시집이라고 말해주었습니다. 형상화 작업을 했기에 어찌 보면 온통 거짓이라고도 할 수 있을 텐데, 나를 아는 그가 내 시에서 거짓을 못 느꼈다니 멍해지는 기분이 들었습니다. 가닿았구나 싶어서요. 이 얼마나 기만적인 말일까 싶지만 저는 첫 시집을 한 번씩 다시 훑어봅니다. 나 고생했네, 스스로 위로하고 스스로 다정해지면서요.

최근엔 넘치는 슬픔이 아닌 깊은 곳에서 찰랑거리는 슬픔을 다른 시인들의 시에서 많이 느끼면서 참 좋았어요. 가장 최근 읽은 건 박소란 시인의 시집입니다. 시집 읽기 세미나를 주 1회씩 두 달 가까이 진행하고 있는데, 거기에서 읽은 시집입니다. 참여하는 분들과 함께 시를 깊이 읽는 일로부터 유익을 얻고 있지요. 압도해오는 고통이라기보다는 매 순간 짙게 드리워져 있는 고통 앞에서 모든 것을 내려놓은 듯 담담하게 이어가는 박소란 시인의 시구절들은 드리워진 그림자의 크기만큼이나 차분히 일상을 돌보고 있는 듯했어요. 아이러니한데 너무 슬퍼서 좋았어요. 왜 어떤 슬픔의 언어들은 공유하는 것만으로 타자에게 위로가 될까. 그런 생각을 하면서 계속 여운을 느끼는 중입니다. 이상하다, 이

윤은성

상하다 하면서요.

　고통을 공유하는 공동체. 공동체란 말을 여기에 이렇게 써봐도 되겠지요. 저는 고통을 함께 나누는 감수성에 대해 고민하는 시간이, 사실 부정적인 사안들로부터 출발한 것이기에 역설적인 것임에도, 참 좋습니다. 낭만적인 이야기를 하는 것이 아닙니다. 제가 숨 쉬고 살기 위해서는 고통이 필요합니다. 여러 방면에 무감하고 쉽게 누군가를 다치게 할 수 있는 저를 저만은 잘 알고 있다고 할 수 있을 텐데요. 자신의 온갖 부끄러운 모습에 잠식당한 채 죽지 않기 위해, 말하자면 살고 싶어서, 좀 처절할 정도로 살고 싶어서, 저는 고통을 공유하는 공동체에 속한 나를 계속 확인하고 있는 듯합니다. 네, 저는 일상에서 시를 읽기 위해, 고통을 읽기 위해 노력하는 사람입니다.

　고통의 공동체. 무력하게, 그러나 유일하게 유력한 비폭력의 방식으로 싸우는 공동체. 시 읽기 외에, 저는 구체적으로 평화를 지켜내고자 하는 활동을 지켜보거나 활동에 참여하기 시작했습니다. 올여름, 제주 평화 순례 프로그램에 참가했습니다. 강정마을 해안에 세워진 해군기지를 매일 가서 보았고, 아침마다 그곳 정문 앞에서 평화를 기원하는 백 배 기도를 드리면서 제2공항 설립 반대를 염원하기도 했습니다. 혼자서는 할 수 없는 일이었는데, 뜻하지 않게 느슨하게 연결된 여러 사람으로부터 많은 환대를 받고, 그들의 초대에 응하면서 시도해본 것이었습니다. 지켜야 할 것을 명확하게 아는 사람들과 짧은 시간이나마 고통과 분노, 평화를 공유하는 교제를 하고 왔어요.

저는 사람을 좋아하지만 동시에 사람들에게 마음을 모두 줄수 있는 사람이 아닙니다. 그런 저에게, 제주에서 여전히 평화의 자리를 지키는 이들은 가장 연약한 존재 방식으로만 가능한 단단한 환대를 베풀어주었습니다. 상처받아본 이들만이, 또 위험에 처해본 이들만이 베풀 수 있는 환대라고 느꼈습니다. 그것은 연대로의 매우 고요한 요청이 내재되어 있는 환대였습니다. "친구가 되어줄게"라는 노랫말을 그곳에서 들었어요. 눈물이 나오더군요. 거짓이 아니라 생각되었어요. 환대의 의미는 더 깊은 곳, 팬상처 속 깊은 고통에서 더 정확하게 찾을 수 있는 것이 아닌가 싶었어요. 환대란 게 결코 가볍고 떠들썩하게 환영해주는 포즈를 의미하지 않는다는 건 물론이겠고요.

평화를 지키는 슬프고 강한 사람들과 보이지 않는 끈으로 연결되면서 저는 사회적인 이슈들에 적극적으로 함께하고자 하는 마음이 생겼습니다. 최근에는 '기후위기 앞에 선 창작자들' 모임에 참여하고 있습니다. 활동가들의 래디컬한 언어가 제겐 없어 때로 당혹감을 느끼게도 됩니다만, 창작자의 언어로 가닿게 되는 영역이 있다고 지금까지의 제 길지 않은 문학 공부 여정에서 배

윤은성

위왔습니다. 또 그것이 지닌 근본적인 변혁의 힘이 있다고 배워
왔고요.

저는 그것을 믿고, 또 지금은, 그리고 당분간, 계속 애통해
할 일이 남아 있다는 것을 체감하며 지내고 있습니다. 제 삶이 누
군가가 비춘 플래시 빛에 의해 구조되었다는 생각으로, 누군가와
당장은 보이지 않을지라도 연결되어 있다는 생각으로 일상을 살
고, 또 시를 쓰고 있고요.

# 플랫

윤혜지

여름엔 얕게 잠들었다가 새벽에 깰 때가 많다. 멍한 상태로 주위가 충분히 환해지길 기다리며 앉아 있다. 창 너머 구름이 있으면 구름을 본다. 솜을 쌓아 올린 듯한 적운積雲. 아름답다고 생각했는데 요즘 큰 구름이 많이 보이는 이유가 뜨거운 지구, 이산화탄소의 증가, 과한 습도 때문임을 알게 된 뒤로 마냥 좋아할 수 없게 됐다. 가까운 미래에 하늘이 구름과 수증기로 더 두껍게 덮인다면 유성우를 보기 힘들 거라는 이야기도 들었다. 우주에서 별이 쏟아져도 우리는 우리 바깥을 영영 보지 못하고 갇힌 채 내부의, 중요하지 않은 일에만 골몰하게 되는 걸까. 하지만 이 문제는 너무 커서 우리는 전체를 감각할 수 없다. 그저 눈앞에 있는 구름을 보며 불길해하는 것이다. 뭉게뭉게 발달하는 구름과 잦은 폭우, 연쇄되는 재해, 죽음, 무감각. 여러 개의 다리 달린 생물처럼 몸을 늘리며 확장하는 무감각들.

구름이 없으면 식탁에 놓인 고무나무 잎을 관찰한다. 물에 담겨 뿌리를 내린 잎은 지난봄에 엄마에게서 받아 왔다. 키우던 나무에서 저절로 떨어진 것인데, 물에 담가두면 알아서 잘 산다고 했다. 잎자루 끝을 살펴보니 아주 작은 뿌리가 나 있었다. 물에 적신 휴지에 뿌리를 감싸 집까지 데리고 왔다. 정말로 물에 담가두기만 했을 뿐인데 지금까지 무사하게 살아 있다. 언젠가 동생이 놀러 와 고무나무 잎을 한참 바라보다가, 나도 이렇게 살고 싶다, 물에 다리를 담그고, 자라지도 죽지도 않고,라고 했다. 나는 동생의 말이 마음에 오래 남았고, 시에 넣어보려 했지만 실패했다. 현실은 너무 생생해서 글 속에 함부로 넣으면 죽어버린다. 빛을 잃는다.

이런 생각을 해도 어둠이 가시지 않으면 『야생 숲의 노트』를 아무 페이지나 펼쳐서 읽는다. 나는 이 책이 만들어지기 전부터 이 책을 좋아했다. 책의 크라우드 펀딩 소식을 사람들에게 공유하며 신나게 추천해놓고선 정작 나는 펀딩 마감 날짜를 착각해 사지 못했다. 이런 허술함을 예상했는지 J가 두 권 사서 한 권을 내게 주었다.

책에는 여러 새를 섬세하게 그린 삽화와 짤막한 에세이, 새소리를 옮긴 악보가 실려 있다. 새소리를 새의 노래, 멜로디로 생각했다는 게 귀여워서 악보에 그려진 음표를 따라 허밍했다.

책은 노래하고 종종 기쁘며, 서슴없고 무언가를 조금씩 배우는 새에 대해 말한다.

새에 대해서 깊게 생각한 적은 없다. 다만 언젠가 마당에 심어놓은 무화과나무의 잘 익은 열매를 새가 먼저 알고 먹어버렸다는 말을 들은 적이 있다. 새가 남겨놓은 무화과를 먹으면서, 맛있는 것을 알아차리고 잘 먹어둔 새를, 그 귀여움과 영민함을 상상했다.

책의 서문에는 이런 문장이 있다. "그 작은 검은목녹색솔새가 어떻게 어두운 솔숲에서 응원의 흰건반 음을 내보내는지 알고 있다."* 응원의 흰건반음. 혼자 소리 내어 읽어보았다. 흰건반으로 만든 멜로디는 환할 것 같다. 어디 하나 부서지지 않고 통째로 환한, 장조의 기쁨.

그러다 보면 이번 여름, 내게도 흰건반음이 있었나 생각하게 되는 것이다. 대개 건반 하나 누르면 튀어나오는 소리처럼 짧고,

* 시미언 피즈 체니, 『야생 숲의 노트』, 남궁서희 옮김, 프란츠, 2022, p. 24.

윤혜지

파편처럼 여기저기 흩뿌려져 있다. 엄마와 나란히 계곡 옆에 누워 휴대폰을 들고 머리 위로 무성한 잎사귀들을 찍었던 것. 눈으로 볼 땐 밝은데 사진 속에는 녹음의 어둠만 도드라지게 나와서 이상하다, 왜 자꾸 어둡게 찍히지, 이렇게나 환한데, 머리를 맞대고 말했던 것.

다른 흰건반 하나. 돌아온 도시는 비가 내리다가 그치기를 반복했고, 폭우가 오기 전 J를 만났다. 우리는 안 지 3년 정도 됐고 여러 일을 겪으며 천천히 가까워졌다. 친구,라고 할 수 있었지만 사회에서 만난 관계가 그렇듯 서로 존대했다. 정중하게 대하며 일정 간격을 두는 게 안전한 관계를 유지하게 해준다고 (적어도 나는) 믿었다. 그날 카페에서 이야기하다가 우리는 처음으로 님,이나 씨,를 붙이지 않고 서로의 이름만 불렀다. 말도 평평해졌다. 이제 영화 보러 갈까? 그래. 올리브와 마늘이 들어간 페이스트리를 두 동강 내어 나눠 먹고 영화를 보고 나왔다. 빗방울이 하나둘 떨어지고 빗자국으로 짙어지는 길을 함께 걷고 이야기하며 가볍네, 가볍다, 생각했다. '합쇼'와 '해요'를 걷어냈을 뿐인데 오랜만에 하고 싶은 말에 가까워졌다. 기쁨이 작게 생기고.

여기까지 쓰고 불현듯 깨닫는다. 흰건반은 '희지 않음'을 지나서 왔다. 언니, 자? 묻던 동생의 목소리, 울먹이는 소리, 베갯잇 문지르던 소리, 밤이 깊어도 돌아오지 않던 어른들, 넌 참 고분고분하지 않아, 내게 말하던 아이들, 이건 다 가짜야, 진짜 삶은 다른 곳에 있다고 믿던 나. 나는 이것들을 뭉개듯 말할 수밖에 없다. 아니, 그렇게 말하고 싶다. 억지로 쓰지 않는 것까지 진실이라면.

솔직하게 다 꺼내놓는 글을 보면 부러워서 미워하기까지 했다. 나는 사랑을 정확하게 못 쓰고 사랑 비슷한 것, 사랑 근처에 있는 것들만 한없이 당겨 오는데. 쓰면 쓸수록 원래 쓰려고 했던 것과 멀어지기만 하는데. 강 이쪽에서 아주아주 긴 연필을 뻗어 건너편 땅바닥에다 쓰는 것처럼 아득한데.

내가 쓰는 글들이 쓸모없는 혼잣말처럼 느껴질 때쯤 낭독 수업을 들은 적이 있다. 강사가 말했다. 뭔가 더 하려고 하지 마세요. 그냥 편하게 읽으세요. 그 말이 좋아서 계속 읽었다. 사람이 목소리를 낼 때 2백여 개의 근육을 쓴다는 말을 들었다. 몸을 쓰는 일이라 그런지 또박또박 소리 내어 책을 읽고 나면 개운하기도 했다. 마지막 날엔 녹음 부스에 들어가 짧은 소설을 읽었다. 낡은 동물원에서 일어난 귀여운 소동극 같은 이야기였다. 녹음된

윤혜지

내 목소리는 생각했던 것보다 훨씬 낮고 까끌까끌했다. 아주 작은 돌들이 박혀 있어 맨발로 걸어야 느낄 수 있는 표면처럼. 그래도, 나쁘지 않다고 생각했다. 내가 지니고 만든 것들이.

　　J가 준 책을 한 권 더 사두었다. 주고 싶은 사람이 생겨서. 그는 내내 사랑 안쪽에서 지낸 얼굴을 하고 있었다. 이제 그런 사람을 봐도 마음이 어두워지는 일은 드물다. 새소리를 악보에 옮기듯, 새로 든 마음을 적어두고 싶다. 검은건반 소리가 조금 섞였지만 흰건반은 흰건반.

# 만일 방랑자가 정말로 방랑하고 있다면          임유영

## 검은 옷 입는 사람

가장 멋진 색이 검정이라고 정해버린 일은 언제였는지 잘 기억나지 않을 정도로 오래되었다. 지금은? 세상엔 이렇게 아름다운 색이 많고 따지고 보면 아름답지 않은 색이란 없고 더 따져보자면 검정은 엄연히는 색이라고 볼 수 없지만 나는 다른 어떤 색보다도 검은색 안에서 가장 편안함을 느낀다고 편의대로 쓰겠다. 지금 입은 티셔츠 검정. 안경 검정. 휴대폰 검정. 볼펜 검정. 마우스 검정. 마우스패드 검정. 필통 검정. 그 옆의 시계 검정. 타자 치다 문득 보니 키보드 검정. 말할 것도 없이 컴퓨터 검정. 헤드폰 검정 방석 커버 검정 가위 검정 며칠 전에 새로 산 가방 검정 신발장 검정 옷장 검정. 특히 나의 옷장 내부는 온통 검은색으로 어두컴컴하고 거기에 한몫하고 있는 엉망으로 접힌 채 쌓인 검은색 티셔츠는 펼쳐보기 전엔 전혀 구분이 되지 않아서 옷장 속이 늘 난장판이지만 다행히 그 속에 불이 들어오거나 하지는 않기 때문에 잘 보이진 않는다.

임유영

## 옷장 속에 숨는 사람

　안방 장롱은 들어가면 포근하고 아늑해서 자주 숨던 곳이다. 특히 목소리가 큰 사람이 집에 온 날 옷장 속에 숨어서 벌벌 떨다가 엄마에게 붙잡혀 울면서 끌려 나온 일이 기억난다. 그분은 매년 우리 집에 직접 농사지은 배를 보내주시던 친척 어르신이었는데 지금은 돌아가신 듯하다. 배는 내가 지금껏 좋아하는 과일이다. 달고 시원하지만 잘못 고르면 싱싱한 무 쪼가리보다도 싱겁기 짝이 없어 실망한 적도 많다. 어렸을 때 맛있는 배가 있으면 어른들이 내 몫을 챙겨두었다가 먹여준 건 따뜻하고 감사한 일이다. 그러나 나는 대체로 어른들을 참 싫어했는데 사실 어른들 중에도 좋은 사람이 많다는 걸 알고는 있었지만 실제로 겪어본 경험이 극히 드물었기 때문에 좋아할 도리가 없었다는 것이 정확하겠다. 내가 유년기의 경험을 유독 깊이 기억하는 것은 그 시기를 특별히 좋아했기 때문이 아니라 그 시기에 내 생각의 구조가 지금보다 훨씬 단순하고 말랑해서 각인되기 쉬웠기 때문이다. 취학 후의 기억들은 거의 없거나 그나마도 툭툭 끊기기 일쑤다. 정규 교육 과정 12년 동안. 12년 동안!

일기 쓰는 사람

　얼마 전 오랜만에 부모님 댁에 갔다가 내 이름이 적힌 상자를 발견하고 뒤져보았다. 그러다가 놀랍게도 내가 고등학교 3학년서부터 대학 입학 직전까지(재수했으므로 2년간) 쓴 일기장을 발견한 것이다! 거짓말이다. 사실 그간 틈만 나면 부모님 댁에서 정확히 내 이름이 적힌 종이 상자 속의 일기장과 온갖 기록을 가져오려고 기회를 엿보았지만 지난 6년간 부모님 댁에 갈 일이 없었고 이번에 모종의 사건으로 급히 귀성하게 된 김에 올해 가져온 것이다. 일기장의 내용은 내 예상을 뛰어넘는 충격적 사건의 연속으로, 내가 전혀 기억하지 못하는 일이 아주 많았고, 역시 대부분 강렬한 고통이나 외부 정황을 아주 상세하게 기술한 것이었는데 그건 내가 당시 슬프거나 화가 나서 주체할 수 없을 때만 일기를 썼기 때문이다. 그 습성은 그 뒤 10여 년간 이어졌지만 한 몇 년 전부터는 기분이 좋거나 나쁘거나 상관없이 매일 일기를 쓰려고 노력한다. 내용은 오늘 언제 일어났다, 뭘 먹었다, 뭘 읽었다, 뭘 봤다 따위로, 일기를 쓰기 위해 노력이 필요하다는 걸 저 일기장을 쓴 사람은 이해하지 못할 것이다. 나도 갑자기 너를 이해하기는 어렵다. 시간이 좀 필요하겠지. 한편으로는 이 나이 처먹도록 도대체. 언제까지 내 안의 미성숙한 자아를 달

　　　　　　　　　　　임유영

래고 어르고 이해하고 실망하고 충격받고 다시 달래고 하는 일을
해야만 하는가 지겹고 회의가 든다. 친구들은 그걸 버리거나 태
우라고 조언했지만 나는 일단 간직할 생각이다. 올해 이사를 했
기 때문에 새로운 정신과 의원을 찾아 몇 가지 검사와 함께 조금
긴 면담을 하게 되었고, 첫 면담에서 이 일기장을 읽은 일에 대
해 말했다.


## 의사가 이해하지 못하는 직업을 가진 사람

첫 면담에서 내가 글을 쓰는 직업을 갖고 있다고 말하고 스
스로도 좀 어색한 기분이 들었는데 현재 돈을 받고 하는 일이 글
쓰는 일뿐이라서 내 딴엔 솔직하게 말한 것이었다. 두번째 면담
에서 의사는 내 직업에 대해 몇 가지 우회적인 방법으로 다시 물
어 확인하려 했고, 그래서 그가 지난번 나의 직업에 대한 진술을
전혀 신뢰하지 않았음을 알게 되었는데 그때 내 가슴 한편에서
안도가 일어난 것은 어째서인지 모르겠다. 언젠가 어떤 편집자
선생님이 전화 너머로 "임유영 시인은 뭐 하는 사람입니까?"라고
물으신 일이 있었는데(물론 좋은 의도로), 그 순간 갑자기 심각한
혼란에 빠지고 말았다. 정말 난 뭐 하는 사람이란 말인가? 어째

서 많은 시인이 '시인은 직업이 아니'라고 주장하는가를 알게 된 또 다른 사례로는 한 정형외과를 찾았을 때 의사가 직업을 묻기에 엉겁결에 글을 쓰는데요, 하고 대답했는데(마감 중인데 손목을 다침) 뒤이어 대뜸 결혼은 했느냐고 묻더니 뭘 잔뜩 휘갈긴 종이에 '가정주부'라고 적었던 일을 들 수 있겠다. 나는 그 종이를 들고 물리치료실에 가서 그것을 치료사에게 건네고 침대에 누워 전기치료를 받았다. 찌릿찌릿. 찌릿찌릿한 상태?


## 조각 모으는 사람

부모님 댁에서 일기장을 발견한 종이 상자 안에는 수많은 잡동사니가 함께 보관되어 있었는데 그중 부피가 큰 비닐봉지가 눈에 띄어 펼쳐보았다. 거기엔 천만 예상 밖으로 내가 할머니 방에서 가지고 놀던 작은 헝겊 조각들이 수북이 들어 있었다. 초록, **빨강**, 하양, 노랑, 파랑, 색동 무늬, 공작의 깃털 무늬, 국화, 매화, 구름, 이름 모를 덩굴의 모양들, 할아버지 갈색 마고자 감. 색이 전혀 바래지 않아 신기했다. 할머니는 옷을 짓고 남은 옷감들을 당신 옷장 구석에 모아두셨고, 나는 그중 작은 헝겊 조각들을 얻어서 갖고 놀며 바느질도 배우곤 했던 것인데, 요번 귀성에

임유영

서 내년에 아흔 되시는 고모를 뵈러 갔다가 생각지 못하게 귀한 선물을 받아선 보자기에 싸 내 집 옷장 속에 넣어둔 일이 있었고, 그 선물의 내용은 내 할머니이자 그녀의 어머니께서 생전 손수 지으신 무명베 몇 마(사람이 정말로 베를 짜던 시대), 거친 삼베 바지, 붉은색 공단에 수壽 자 놓은 허리띠와 역시 붉은 공단에 십 장생 자수를 놓은 주머니였다. 그 주머니는 할머니 유품을 나눌 때 내가 받은 주머니와 정확히 한 쌍을 이루는 것이었고 나는 주 머니 하나를 늘 내 책상에서 잘 보이는 벽에 걸어두었는데 이번 에 받은 쪽은 보관해두기로 했다. 삼베 바지를 입어보려 했지만 허리에 들어간 검은 고무줄이 굳어버려 포기했고, 베는 8절 도화 지만큼 잘라 친구 이가형에게 나눠 주고 나머지는 그대로 내 옷 장 속에 있는데 천 조각이 든 비닐봉지는 다시 봉해서 내 이름이 적힌 상자 속에 원래대로 넣어두고 왔다.

## 원피스와 운동화

임지은

답답한 일상에 환기를 한다는 느낌으로 옷을 입는다. 매일매일 시를 쓰러 카페에 갈 때 마냥 편한 복장보다는 여러 조합으로 입어보는 편이다. 옷에 따라 그날의 태도가 달라지고 새로운 페르소나가 만들어진다면 다른 구조, 다른 결말, 다른 소재의 시를 쓸 수 있지 않을까 하는 모종의 기대에서. 그리고 무엇보다 옷을 입는 것이 재미있어서. 사회적 물의만 일으키지 않는다면 무엇을 입는지는 개인의 선택과 용기니까. 안 어울릴 줄 알았는데 의외로 어울리는 옷을 발견할 때 오는 짜릿함은 좋은 시를 써냈을 때의 뿌듯함과 닮았다.

옷을 왜 그렇게 입느냐는 말을 10년쯤 들으며 꿋꿋이 고수했더니 어느 날 옷을 잘 입는 사람이 되었다. 특별히 노력한 것은 없고 하던 대로 쭉 했을 뿐인데 말이다. 그러니까 뭐든 꾸준함이 중요하다. 그러다 문학 유튜브 〈문장입니다영〉에 패션이라는 주제로 섭외되었다. 궁금하신 분들은 유튜브에서 검색하시길. 검은색 옷을 멋스럽게 입는다고 소문난 김선오 시인(거적때기를 입혀

놔도 멋지게 소화할 사람)과 출연하게 되었는데, 그 후 패션에 대한 질문을 종종 받게 되었다. 옷은 주로 어디서 사세요? 옷을 잘 입으려면 어떻게 해야 하나요? 같은. 시는 주로 어디서 쓰세요? 시를 잘 쓰려면 어떻게 해야 하나요?라는 질문을 잘못 들은 것은 아닐까……

시에서 러시아형식주의를 추구하듯, 나는 전형성을 약간 벗어난 것들을 좋아한다. 그래서 믹스 매치* 하는 것을 좋아하는데 예를 들면 원피스에 구두보다는 운동화를 신고(몸이 불편하면 발이라도 편해야지!) 정장에는 야구 모자나 비니를 쓰고(중요한 일이 있어 예의를 차리려고 입은 게 아니니까) 평범한 티셔츠 위엔 블링블링한 목걸이를 두 개쯤 차주는 것이다.

여러분의 패션 경향을 알아보기 위해 간단한 문제를 내보겠다. 다음과 같은 상의에 어떤 하의를 입겠는가?

* 서로 어울리지 않을 것 같은 스타일을 섞어 멋스러움을 연출하는 옷차림.

프릴이 과한 블라우스에는

1. 역시 프릴이 과한 스커트를 입는다.
2. 조거 팬츠를 입는다.
3. 아무것도 안 입는다.

이 문제에 대한 나의 선택은 2번이다. 만약 블라우스나 스커트가 모두 흰색이나 검은색이라면 1번도 가능하다. 3번은…… 웬만하면 하지 않는다. 아마 선택지가 없다고 느낀 분들도 있을 것이다. 블라우스보다는 티셔츠를 선호하거나 프릴이 과하게 달린 옷이 부담스러울 수도 있을 테니까. 여러분의 안전한 선택을 지지하는 바다.

나는 시를 가르칠 때 자기 자신을 탐색하고 자신에게 어울리는 시를 쓰라고 권유한다. 옷 또한 많이 입어보고 도전하면서 자신에게 뭐가 어울리고 자신이 어떤 옷을 좋아하는지를 찾아가는 과정이 필요하다. 나는 스스로 평평한 인상에 쌍꺼풀이 없는 이목구비를 갖고 있어 과하게 입어도 과하다는 느낌이 들지 않는다는 것을 알기에 조금 과하게 입어보는 것이다. 이 무슨 개떡 같은 소리냐 하시겠지만 찰떡 같은 사실이다.

임지은

팀 '분리수거'**의 멤버인 플라스틱답게 옷을 사면서 환경오염에 대한 걱정이 뒤따르기 마련이다. 또, 만만치 않은 옷값과 옷장의 여유 공간 또한 고려해야 할 사항이다. 그래서 오랜 고민 끝에 내린 결론은 웬만하면 사지 않고 산 옷은 오래오래 입는 것이다. 이 무슨 쑥떡 같은 소리냐 하시겠지만 무지개떡 같은 사실이다.

자주 가는 쇼핑 사이트에 새로운 옷이 부지런히 업데이트되지만 쉽게 사지는 않는다. 눈요기만 하고 다른 옷과의 활용도나 충동구매가 아닌지 등을 고려해서 되도록 할인 기간에 산다. (한 달 넘게 고민하다 봄이 되기 직전에 겨울 코트를 사서 주변으로부터 안타까움을 산 적이 있다.) 이미 가지고 있는 옷의 스타일과 겹친다면 굳이 사지 않는다. 색깔별 소장이란 있을 수 없는 일이다.

뇌의 저장 용량을 넘지 않게 옷을 보유하는 것도 중요하다.

---

** 팀 '분리수거'는 시와 분리수거를 접목해 네 명의 시인이 종이(김은지), 유리(강혜빈), 캔(한연희), 플라스틱(임지은)의 물성을 이야기해왔다. 2018년부터 지구에서 만난 사물들에 관한 시를 써보는 〈분리수거 낭독회〉를 진행하고 있다.

나에게 이런 옷이 있었나? 기억 속에 없는 옷을 발견할 때 느끼는 자괴감이란 이루 말할 수 없다. 그런 옷은 나에게 없는 옷과 같기에 옷장 정리를 주기적으로 해야 한다. 가지고 있는 옷을 골고루 입기 위해 한 옷을 일주일 동안 열심히 입고, 입었던 옷은 한동안 다시 입지 않는다. 그러면 계절 동안 겹치지 않게 가지고 있는 옷을 최대한 많이 입을 수 있다.

　여기까지 적고 보니, 옷 입는 일이 이렇게 어려운 일인가 싶다. 스티브 잡스처럼 매일매일 검은색 티셔츠에 청바지를 입으면 퍽 간단할 텐데…… 하지만 옷 입기에 진심인 사람은 같은 티셔츠에 구멍을 내고 청바지를 잘라서라도 다르게 입어보려고 할 것이다. 주식에 진심인 사람이 분산투자를 하고 음식에 진심인 사람이 맛집을 섭렵하듯이. 나에게 옷 입기는 또 다른 의미에서 시 쓰기다. 둘 다 아름다움을 추구하고 형식에 도전하며 무구하고 무용하니까. 새 구두를 신고 생긴 물집이 굳은살이 되듯이 시를 쓴다. 아주 조금은 용기를 낸다.

임지은

# 겨울 방향으로

다시 4월이다.

출퇴근하는 일을 제외하고 규칙적인 외출은 고양이 밥을 줄 겸 나가는 산책뿐이다. 적고 보니 마치 다른 사람들은 다양한 이유로 외출을 하며 생활한다고 나는 잠깐 생각하는 것 같은데 실은 그렇지 않다는 것도 알고 있다. 나름의 규칙을 지니고 반복되는 일상들은 늘 생각보다 빠르게 생각지 못한 사유로 느닷없이 끝이 난다. 그리고 이것이 다시 반복, 반복. 그러므로 지금 머물고 있는 곳의 창밖을 자주 내다보고 거기서 들려오는 새소리들을 꼼꼼히 구별해 들어야 한다. 잘 듣고 기억해두어야 한다. 지금 들려오는 것은 직박구리의 날카로운 울음소리.

산책 길 한편에는 수목원이 있고 다른 편으로는 공공기관 내부의 잘 조성된 연못이 보인다. 봄에는 겨울과 달리 자주 멈춰 서서 휴대폰으로 버드나무 사진을 찍고 벚꽃 잎이 쌓여가는 수면을 본다. 때때로 수목원과 연못가에 사는 고양이와 새 들이, 특히 오리들이, 보인다. 그럴 때는 침착하고 빠르게 사진을 찍어야 한다. 봄에 경탄하며 꽃나무의 오늘과 어제를 기억할 때 마음은 정말 얇다. 결국 봄에 감탄하는 마음. 다시 4월을 잊고 다시 기억하자는 마음. 사람이 아니라 꽃나무 아래에, 연못가에 머무는 마음.

다시, 다시.

그런 마음에는 깊이가 없고 숨길 것도 피할 것도 없다. 간사하다는 표현은 오직 사람을 위한 것. 이 마음들은 간사함을 모른다. 오직 가늘게 흔들릴 뿐이다. 마음을 위한 비유는 연못의 깊이가 아니라 잎의 두께와 더 가까워야 한다. 종일 조용히 떨리는 수면도, 푸르른 수심도 모두 마음과는 다르다. 그것은 너무 넓고 깊다. 꽃잎과 나뭇잎은 마음과 같이 얇고 너무 많이 난다.


다시 처서 무렵.


S/S 시즌 오프가 얼마 남지 않았다. 시즌 오프라는 단어를 읽을 때마다 지난 시즌의 할인 상품은 물론이고 새로운 시즌의 상품까지 놓치지 않고 허겁지겁 사두어야 할 것 같은 기분에 사로잡힌다. 이 계절에 잘못 놓고 가는 것은 없는지 앉았던 자리를 정신없이 둘러보는 동시에, 다음 계절에 필요한 것들을 일찌감치 가방에 넣어두어야 할 것만 같다.

조용우

그 무엇들 중에서 우선은 지난 계절의 어떤 결기를 다시 찾아 새로 세워둬야 할 것 같다고 생각해본다. 결심은 과연 1월에 어울리는 것이겠으나 여름에 이르러 겨울의 그 결기들은 다른 것들과 마찬가지로 결국 녹아내리고 만다. 여름은 견디는 계절이 아니다. 더 견딘다면 기분들은 땀에 젖어 다시 쓸 수 없게 되고 손에 쥔 것들이 모두 축축하게 흘러내릴 것이다. 여름은 나야 하는 시간이다. 잠깐 그늘 안쪽으로 들어오세요. 가만히 앉아 이것을 마셔보세요. 저건 어떤 새의 소리일까요. 굴뚝새, 꼬리를 흔들며 울어요. 네, 보이지는 않지요. 굴뚝새 하나가 작은 노래를 부르고 있습니다.

그리고 이내 떠나야 하는 시간. 물이 차갑다. 무서운 초록들이 우리를 놓아준다.

늦여름은 아직 서리가 맺히지 않은 날들, 다시 결기가 필요할 때이다. 아직 결기를 품을 수 있을 때이다. 결기는 이뤄야 하는 무엇이 아니라 반드시 지켜져야 할 어떤 마음들에 더 소용이 크다. 어느 시기든 누구든 사실 뭔가 이뤄야 할 것은 그리 많지 않다. 각자에게 주어진 조건은 늘 녹록지 않으므로. 달성해야 할 것이 많아 보이는 경우도 대부분은 사실 불필요한 노동이 비합리적으로 부과된, 무의미한 상태일 것이다. 불쉿 잡Bullshit Job.* 이 모든 것 모든 사람, 불쉿 잡이 아닌지 생각해봅시다. 눈물, 그리고 Bullshit. 아, 이럴수록 각자의 결기가 필요합니다.

초저녁, 매미 소리가 아니라 귀뚜라미 소리를 들으며 나는 상종하지 말아야 할 사람, 마음과 만나지 않도록 '반드시'를 바로 세우기로 한다. 아직 나는 그럴 수 있다.

다시 비가 너무 많이 내린다.

올해의 월동은 어떠해야 하는가 생각한다. 이제야 가을이지만, 가을은 늘 지나가는 장면들뿐이니까요. 우리는 늘 겨울에 대비해야 한다. 겨울은 견뎌야 하는 시간이다. 겨울은 오래된 규칙들을 지켜야 하는 시간, 매번 새로운 방법을 강구해야 하는 시간이다. 지키지 않으면 배수관이 동파하고 무릎의 연골이 닳는다.

얼마 전 어느 광고 카피에서 "코로나 시대를 돌파하는 방법"이라는 말을 보았다. 팬데믹이 아닐지라도, 누가 시대를 돌파할 수 있는가. 하나의 시대, 이 계절을 돌파해 혼자 앞서가는 자, 그는 선각자가 아니다. 그자가 바로 범인犯人이다. 돌파라니, 그것은 설산을 넘어가기 위해 짐을 버리고 다른 이를 낙오시키는 일

---

* 데이비드 그레이버, 『불쉿 잡』, 김병화 옮김, 민음사, 2021.

조용우

이다. 누군가 혼자 겨울을 돌파하려 한다면, 그는 다음 마을에 도착할 수 없고 다시 집으로 돌아올 수도 없으리라. 견뎌야 한다면 함께 견뎌야 한다.

겨울에 우리는 마을을 벗어나지 않고 정해진 규칙에 따라 지낸다. 함께 깊은 곳으로 들어가 숨는다. 수도관이 얼지 않도록 한 방울씩 흘러나올 정도로 온수를 틀어놓고, 전기장판과 가습기를 켠다. 가지고 온 음식들을 나누고 보초를 서가며 잠을 잔다. 기대와 불안을 피해 잠 속에서 살과 마음을 비축한다. 필요가 적어진 책을 쌓아두고 불을 때고

겨울 방향으로 다시.

밥을 챙겨주고 있는 고양이 가족이 머무는 화단에서 전에는 보지 못했던 고양이 집을 보았다. 종이 상자를 비닐과 테이프로 감싼 조금 허술한 모양이었다. 나 혼자 밥을 주는 게 아니라는 것은 알고 있었지만 이렇게 확인할 수 있어 다행이다, 생각했다. 인사는 나누지 않아도 좋다.

오늘은 다른 골목에서 전에는 보지 못했던 고양이 두 마리를 보았다. 늘 혼자 밥을 먹으러 오던 고양이와 함께였는데, 처음 보았을 때 이 고양이는 매번 동네 대장 고양이에게 밥을 빼앗

기고 홀로 기가 죽은 듯 보이던 어린 고양이였다. 지금도 여전히 대장 고양이는 대장 고양이고 머리가 크고 힘이 세고 느릿느릿 걸어다니지만, 이 고양이도 대장 고양이와 사람들을 요리조리 잘 피해 가며 건강하게 자랐다.

다행히 여분의 그릇이 있어 사료를 두 곳에 나눠놓고 돌아서니 세 마리가 사이좋게 나누어 먹는다. 얘네는 가족일까. 왜 지금까지 보지 못했을까. 몸통에 난 크고 작은 검은 점들을 보면 닮은 것 같다가도 이런 것을 가지고 혈연을 알 수 있나 생각한다. 지극히 인간 중심적인 물음. 가족일까. 인간이므로, 다시 묻고 답할 수 있다. 당연히 가족이지.

겨울 집을 어디에 몇 개나 놓으면 좋을지 고민하고 있다. 겨울 집 하나에는 보통 두 마리 이상이 함께 들어간다. 겨울 집에 엉겨 붙어 있다 차례차례 나오는 고양이들, 함께 걸어가는 고양이들을 보면 정말 좋다.

곧 다시 차가운 이슬이 내리고 서리가 맺힐 것이다. 겨울은 지킬 것이 많은 시간. 굴을 파고 들어가 견디는 시간. 다시, 함께 견디는 것.

조용우

## 〈시 보다〉 기획의 말

시의 시대가 사라져버린 것 같던 시간 속에서 젊은 시인들과 그들의 낯선 감각을 다시 읽어준 독자들이 출현했다는 것은 기적이 아니다. 모든 헛된 풍문을 뚫고 한국 문학의 심층에서는 본 적 없는 시 쓰기와 시 읽기가 끊임없이 시도되고 있었다. 〈시 보다〉는 시 쓰기의 극점에 있는 젊은 시 언어의 운동에너지만을 주목하고자 한다. 지난 1년 동안 문예지에 발표된 등단 10년 이하 시인들의 시에서 일곱 명의 시를 가려 뽑았고, 그 시인들에게 추가로 신작 시와 산문을 부탁했다. 1년에 한 번 이루어지는 이 작은 축제는 선별의 작업이 아니라, 한국 시를 둘러싼 예감을 함께 나누는 문학적 우정의 자리이다. 우리가 체험하는 것은 젊은 시인들의 이름 너머에서 꿈틀거리는 '시'라는 사건 자체이다. 시인은 동시대가 소유한 이름이 아니라, 동시대의 감각을 발명하는 존재이다. 시는 도래할 언어의 순간에 먼저 도착해 무심한 표정으로 우리를 기다리고 있다. 지금 '시 보다'라는 행위는 시'보다' 더 고요하고 격렬한 세계를 열어준다.

**선정위원** 강동호 김언 김행숙 이광호 이원 조연정